雾岚的声音

夏鲁平 著

作家出版社

序

"地方性"与变革年代的人性

孟繁华

大约2015年夏天,我在长春见到了作家夏鲁平。此前我读过他的几篇小说,我们自然地谈到了当下小说创作的情况以及他的小说。他似乎不善言谈,甚至多少有些拘谨。然后他诚恳地让我给他开个书目,我记得写有《左传》《史记》等,我还记得他当时惊讶的表情。似乎在说:为什么?我之所以让他再读这两本书,不只是因为很长一段时间,我们的小说没有创作出能够让我们记得住的人物,而且也是针对夏鲁平小说中存在的同样问题。人之患在好为人师,但夏鲁平的诚恳和我们愉快的交流,让我忘记了顾忌。现在想来真是有点唐突。

夏鲁平文学创作起步于上世纪九十年代。那时他已经在《作家》《人民文学》等著名文学刊物上发表小说。他是个业余作者,每年都有一两个短篇小说发表。从2015年开始,我陆续在年选中编选过几篇他的小说。这本个人小说集选编了他十部中短篇小说,是从2020年至2023年在全国各报刊发表的作品,从中我看到了夏鲁平小说创作属于他个人的特点,这个特点概括起来就是"地方性"和对变革时代人性的描摹。他对东北风土人情的熟悉和了解，特别是对老一辈人的熟悉和了解，使他小说的"地方性"陡添了一种苍茫的历史感。近一个时期以来，评论界对"地方性"或"地方性知识"多有讨论。这个讨论是非常重要的。特别是在全球化语境中，如何保有文化多元性和多样性，使那些边缘性的经验能够不被遮蔽并得以彰显。因此，在文学领域对地方经验的书写不仅是作家凸显个人风格和个性的一种方式，同时也是对不同经验和故事的呈现，是对多种声音多音齐鸣的一种参与和贡献。

地方性知识是人类学的一个重要术语，是美国人类学家纪尔兹提出的。这一个术语与后现代主义对宏大叙事的批判、后殖民主义对西方霸权主义的批判同样重要。这个理论与反本质主义、民族志以及田野作业研究方法密切相关。在人类学研究之中，一直存在着普遍主义与历史特殊主义研究方法的论争。前者认为人类学的宗旨是发现人类文化的共同结构或普遍规律，如结构人类学理论；后者强调各种不同文化之间的差异性特征，主张做具体细微的田野个案考察，相对轻视和避免宏大的理论建构。纪尔兹是诠释人类学的代表人物，他透过实践活动认识到西方文化之外丰富多彩的地域文化，提出"地方性知识"的概念，以和全球化知识或普遍性知识区隔开来。所谓"地方性知识"，不是指任何特定的、具有地方特征的知识，而是一种新型的知识观念，而且"地方性"或者"局域性"也不只是在特定的地域意义上说的，还涉及在知识的生成和辩护中所形成的特定语境，包括由特定的历史条件所形成的文化与亚文化群体的价值观，由特定的利益关系所决定的立场和视域等。正是由于知识总是在特定的情境之中生成并且得到辩护的，因此，我们对知识的考察与其关注普遍的准则，不如着眼于如何形成知识的具体情境条件。夏鲁平的小说对东北特别是长春生活的书写，有他独具的个人体会。我更感兴趣的是，鲁平虽然写的是长春的生活，但他并不刻意于方言土语。正如孙谦在谈赵树理小说时说：他没用过一句山西的土言土语，但却保持了极浓厚的地方色彩。鲁平虽然不能同赵树理相提并论，但他对地方性的理解，也有其相似性。这是他的价值所在的一个方面。

另一方面，是夏鲁平对变革时代人性的书写。我们知道，文学所处理的是人的思想、精神和情感事务的一个领域。写世道人心、人情冷暖是文学与其他学科最大的不同。所有优秀的小说家，几乎都是在写人的内宇宙及其变化。比如：《雾岚的声音》中对继母认识的变化；《欢迎光临》对外卖小哥沈家旺心理变化的摹写；《哈拉海有了太平鸟》讲述扶贫干部王磊在哈拉海工作期间，与贫困户伊尔根发生纠葛的故事；《养水仙花的人》里的水仙花，既是小说中的一种意象，也是连接人物情感纽带的设计；《春暖花开时》写上世纪七十年代人与人之间的淳朴，也写了疫情防控期间，同住在一个小区里的人相互帮助、关爱，小说把历史与现实人物有机地结合在一起，在时空的交错中，人性的善和美熠熠生辉；《遥远的筒子楼》是对少年时代筒子楼里生活琐事的回忆，罗叔叔性格的变化意味深长……凡此种种，显示了夏鲁平对小说的理解和追求。夏鲁平小说人物大部分游走在乡村与城市之间，那是各种观念冲突、碰撞的交汇处，也是最容易产生文学性的地方。他的小说并不尖锐，但他对小说人物抱有极大的同情和温润的态度；在很多作品里，夏鲁平都试图展现东北地域风土人情,并通过生活在这一方水土上的人们思想、情感的变化,反映时代留在人们心里的印迹。他写了诸多生活在东北土地上的小人物,这些小人物负载着"地方"的生活和文化经验,也表达了边缘生活的时代回响。

另一方面,我也想谈一下对鲁平小说更高的期待。在我看来,鲁平小说有了上述优长的同时,也有一些需要进一步思考的问题。这个问题是,鲁平小说在注重情节推演的同时,也需要注意写一些人物心理、思想和情感的幽微处。这个幽微无论是善和恶,无论是冷硬还是温润,都是人人心中皆有,而笔下皆无的,是只可意会又难以言传的。但它可以体悟,可以感知。这个体悟和感知不只反映于读者的头脑里,更作用于读者的心理甚至生理。它让人通体舒服或背生凉风。现在的鲁平注重讲故事,这当然很好。莫言就称自己是一个讲故事的人。故事是小说的基本元素,没有故事就不是小说。但如果仅仅讲故事,还是旧小说。新小说则是通过故事将人心的幽微处呈现出来。鲁平如果注意到了这一点,他在已经取得了很好的创作成绩的同时,就一定会有大的突破,让自己的小说既好看又有情感深度。在鲁平的小说集《雾岚的声音》即将付梓时,我说了这样一些话。

是为序。

2023 年 5 月 26 日于北京

目录

雾岚的声音　　　　　/ 001

欢迎光临　　　　　　/ 022

哈拉海有了太平鸟　　/ 044

养水仙花的人　　　　/ 065

春暖花开时　　　　　/ 078

遥远的筒子楼　　　　/ 089

二十多天　　　　　　/ 111

父亲在天上　　　　　/ 133

植物志　　　　　　　/ 155

老人味　　　　　　　/ 167

雾岚的声音

一

"该解决的时候了,我们必须想点办法。"

妹妹打来电话,说明事情有多么严重。

父亲名下房产可能要流失,妹妹这样告诉我。我知道,父亲去世后,那房子一直由继母香兰居住,最近她生活可能发生变化,房产归属问题我们必须有所警觉。

我给继母香兰打去电话,先是询问她身体、饮食状况,当我转过话题,将要问起房子时,"呃!"继母香兰打了一个响嗝,停顿一下,我以为她那边没事了,准备重新张口,"呃!"她又是一个响嗝。

她那时断时续不受控制而又难受的声响,最终让我放弃了问话,我只是轻描淡写地说:"这周六我回去看看。"

"呃!"电话那头又来一个响嗝,继母香兰好像怕我放下电话,赶紧说:"你早该回来一趟,你爹走之前,让我把一样东西交给你。"

"什么东西？"

"野山参。"

继母香兰的话已偏离了轨道，也许她这是故意所为，也许不是。父亲热衷于上山挖参，我早有耳闻。父亲每年夏天一个人背着筐篓，奔赴山里，一走就是十天半个月。父亲是个不合群的人，他戴着一顶扣向半张脸的帽子，挥舞一米多长索罗棍，奔走在长白山深山老林沟沟坎坎，对那些成帮结伙的采参人视而不见。据村里人说，父亲古怪的行为在山林里制造出好多奇闻逸事，比方说，有一次不知犯了什么邪，一只山鹰跟踪了我父亲，在它俯冲的一刹那，我父亲徒手将其按在地上。还有一次，他在山林里迷路，睡在了黑熊藏匿的树洞里，惹怒了夜晚回巢的黑熊，我父亲与那只黑熊展开一场森林大战。这些故事听着有点玄，除了我父亲自己讲述，没人前来证实。我父亲一生积习难改，他在村里人的讥笑中一年又一年独自一人往山里跑，不断制造出各种奇闻逸事。

父亲的做法我从未存留于心，他怎么折腾，不关我的事，我在城里娶妻生子，有了自己的家，乡村对我已经十分遥远，父亲无论做什么，对我构不成什么影响。继母香兰避重就轻提及那棵野山参，着实有些意味，她好像知道我正需要一棵野山参，便将它及时呈现。前几天我老婆大学时的同学春生病入膏肓，有一个偏方能救他的命，但那偏方需要加一味野山参。春生算是我一个情敌，在我与老婆确定关系后，他明确表示对我老婆放手。从这一点上，我觉得春生这个人很仗义，得知他生病后，我积极加入挽救他生命的那帮同学中。当我与继母香兰通过电话后，我对我老婆说："这周六我去一趟乡下，取回父亲留下的一棵野山参。"

我老婆跟我结婚生了孩子后，患有严重的抑郁症，与外界彻底切断了联系，那时电脑刚刚进入千家万户，为缓解她的病情，方便她与外界沟通，我特意为她购置了一台电脑。哪承想，我老婆一头扎进去，再也出不来，她在电脑里找到了无尽的乐趣，找到了从前那些找不到的人，之后，她又联系到了春生（那时我老婆只是把他当作一般同学看待），再后来，他们举办了一场声势浩大的同学聚会。那次聚会，张罗最欢的春生，满面春风，自命不凡。自从网聊后，春生每天二十四小时挂在电脑上，不间断推出七言或五言绝句，深受同学们的追捧。大家怎么也没想不到，上学时不爱抛头露面不爱吱声的春生，已变成了招招摇摇的一个人，他除了张扬和网聊，对同学还算彬彬有礼，也没对我老婆格外殷勤地加以勾引，他还是信守了诺言。

"春生是我同学中第一个病倒的人。"我老婆说。春生累倒在了电脑上。那一阵，我老婆已经从电脑中走出来，上网聊天已变成了有一搭没一搭的事情，她每次谈起春生，语调里都带着几分悲悯与无奈，眼里还闪出兔死狐悲的泪光，那副天生的菩萨心肠让她变得郁郁寡欢了。她说："不能说是电脑害了春生，至少网络让春生找到自信，春生自我感觉良好。"

野山参如果能救春生一命，胜造七级浮屠。

我老婆说："现在人人都在拼命刷微信，可春生没有一部智能手机，他现在还整天盯在电脑上，等待那些粉丝的降临，如今那些粉丝早就用手机微信刷朋友圈了，没人注意春生，春生好像在我们生活中不存在了。"

二

我不知有多少年没去乡下，原因比较复杂，主要是我父亲没有了，我与乡下连接的那根线断了。除了继母香兰，我不愿意见任何人。为避免不必要的麻烦，星期六去4S店检查了一下车子，下午我不紧不慢开始动身，按计划傍晚时分到达村头。我们那个村子以雾著称，每到夏天，那浓厚的雾岚就会弥漫在山冈、村庄，还有远处的山顶。如我所料，我开车到达村头时，大雾早已降临，雾气加速了天黑，我在雾气中分辨出近在眼前的山冈，和山冈裸露的岩石和一小撮松树林，心踏实下来。这山冈是村子通往外界最重要的标志，翻过去，我很快就会看到父亲原有的家了。

我不想开车翻越山冈，山冈有个胳膊肘似的弯道，在雾气里很难看清，我不想冒险。正在想着怎么走比较合适，路旁一家院落的两扇漆黑大铁门吱嘎嘎拉开，开门人是一个弯腰驼背老汉，他的脚不灵便地拖住一块砖头，横在了铁门一角，手扶门框，招呼我进去。

"费用多少？"

"一分不收。"

我信任地将车徐徐开进了院子，停在一个鸡窝旁。

弯腰驼背老汉说："放心，我这里常年有人停车。"

我走出院落，走向山冈。没雾时，过了胳膊肘弯道，我可以看见村子里散落各处的房屋，还有我父亲那座房子。十多年前，父亲拆掉我出生就存在的土坯屋，用我寄去的十万块钱，盖起了一座砖瓦房。那时我父亲身体硬朗，张罗事情风风火火，他带着足够的体面，完成了他一生可谓最为重要的事情。

父亲去世我没能赶回来，现在我听了妹妹的一句话，或为了一棵野山参借着夜雾回到村子，着实有些不太磊落。置身雾岚之中，我好像忽然分不出方向，只能手扶能够触摸到的陡峭石壁，亦步亦趋。成溜的雾水从掌心滑落，冰冰凉。雾气里，植物馨香缭绕而来，我有一种吞食这种味道的臆想。小时候，我常在这样的天气里，张大嘴巴，享受着清凉可口的味道。

十几年没踏过的山路，没什么改变，我迈着深浅不一的脚步，向前行进。

"是你吗？"前方出现了一个人，她手里手机屏幕幽光摇摇晃晃，不规则地切割着夜幕，继母香兰迎接我来了。

我不知该怎样张口。

"我估摸着你应该到了。"手机举过了头顶，她歪头探向我这边，双脚磕磕绊绊踩着支棱八翘的石土，加快了脚步，身子裹起的雾气里，有一股煮玉米的气味，这是早年我母亲身上特有的气味，如今在继母香兰身上重复出现了，不可思议。

三

继母香兰神秘的身世，成为我们村里人很多年不解之谜。据说她年轻时远离过村子，去了家几百里外的"三线"工厂，村里人以为她永远不会回来了，可有一天，她带着与村里人不一样的气息和傲慢，悄没声息出现在村头，从此再也没离开村子。这样一个女人，晚年闯入我们家里，与我父亲如胶似漆结合在了一起，让我们难以接受。我们把这一事件视为家里的一场灾难。那段日子，父亲已不是原来的父亲，家已不再是我们原有的家。我们兄妹成了那个家的客人，谁都不愿意回去。很多年以后我想，父亲跟继母香兰在一起，也算是他一个正确的选择，在他病倒在炕上的日子里，继母香兰没有像我们想象的那样绝尘而去，而是毫无嫌弃地留下来，整天为我父亲喂水喂饭，洗脸洗身子，接屎接尿。父亲所有的吃喝拉撒全都由她一人打理。我想这件事情要是放在我们兄妹身上，很难承受，我们都有自己的家和事，不可能厮守在我父亲身边。我还想，自从她跟我父亲走到一起，便显示了一个见过世面女人应有的长处，她从没因为鸡毛蒜皮小事红过脸，更没有无事生非吵吵闹闹。这一点不同于我母亲，我记忆中的家里从前所有不愉快，都来自母亲的斤斤计较。在她咽气的头两天，还用最后一丝力气，对我父亲怨气横生。

在村里，母亲脾气不好与能干是出了名的。小时候，我们兄妹们争争抢抢，哭喊抱委屈，讨公道，母亲从没时间耐心倾听过，她每天做的事就是烧猪食，喂鸡喂鸭，没完没了忙着手头上的活儿。我父亲每年春天去镇里集市抓一口小猪羔，养到年底屠杀或卖掉，都由母亲一手操办。我家成群的鸡鸭没少过三四十只，也都由母亲喂养，母亲一边喂养，一边整天不停地骂着那帮家禽们。有母鸡趴窝，孵出新的小鸡小鸭，母亲又是高兴又是骂，然后跑进菜园子，撅起屁股没时没响侍弄菜地的白菜、菠菜、韭菜、豆角，到了做饭时间，顺手拔起一把白菜或菠菜，叭叭地把泥土甩得四处飞溅，进屋烧火做饭。有一次，母亲没能及时做午饭，她先是把从园子里捡回的一筐烂菜叶子放进锅里，撒上一层玉米面，给猪烀食。她打算猪食烀好了，喂完猪再做家里的午饭。那天我父亲从外面干活回来比平时早，他看见母亲在菜园子撅着屁股忙碌，没吱声，自己掀开热气腾腾锅盖，盛了一碗菜叶玉米糊，吃了起来，吃了一碗没吃饱，再次掀开锅盖盛第二碗，母亲大呼小叫跑出菜园子，说："你咋吃猪食？"我父亲当时傻了眼，他没想过家里的饭菜和猪食有啥区别。我父亲干呕了几声，什么都没吐出来，他操起烧火棍朝母亲抡去，母亲闪身躲开了，我父亲继续抡，母亲跑出院门，跑到街上，我父亲紧追不放，他们从前街跑到后街，又从后街跑回前街。母亲跑不动了，停下来跟我父亲扭打在一起，又被前来看热闹的香兰强行拦下我父亲。站在香兰背后的母亲，气得不行，她跳着高指着我父亲鼻子骂："你个属猪的，就得吃猪食！"我父亲蔫下气来，对香兰说："男人在外面干体力活儿，身子消耗大，回家第一件事必须把饭吃到嘴里，这是我家的规矩，也是全村所有人家的规矩，她不是不知道。"

上世纪八十年代，我考入财校住进省城那年，母亲病倒了，得的是什么病，至今不清楚。母亲如一盏熬油的灯，耗干了最后一滴油水，无奈撒手人寰。我父亲曾领着母亲去过一次县城医院，抓了几服贵重的中草药，回来后闷声闷气做出一个重大决定，家里所有细粮都留给母亲熬粥。我家每日三餐主食是玉米面和高粱米，有限的几斤大米全是用粗粮交换而来。玉米是有数的，换了几次，我父亲不敢动用粗粮了，再动用下去，全家就得饿肚皮。这种艰难可想而知，但我父亲还是想竭尽全力将亏欠母亲的东西补回来。

母亲生过八个孩子，活下来五个。除了一个孩子两岁时病死，有两个是母亲上厕所不小心便到了粪坑里。我从这样的家里逃出来，上了财校，那种心情可想而知。我曾一度发誓，只要走出来，我轻易不会回去了。财校食堂有大米，有馒头，每顿饭吃得我腮帮子溜圆，没到月底，饭票没了，我向同学借，借不到，就装病躺在床上琢磨起制造假饭票。每次造假我都胆战心惊，最后不得不及时收手。那时，最盼望的是快点毕业，快点工作，快点让自己脱胎换骨。

我参加工作第一天，单位给每名职工分两袋大米、一桶豆油，我脑子里第一个念头是把这些东西运回家里。可我一想到母亲死了，她到死也没吃上我的大米，泪水忍不住流下来，看得周围同事都莫名其妙。

四

"你先回去，门钥匙在鸡窝棚上，铁盆扣着，我办点事，一会儿回来。"继母香兰对我说。

原来，她来到这浓雾弥漫的山冈，并不是来接我。说过话，她顺着车辙往下走去。雾岚遮蔽的夜晚，她每迈出一步都如临深渊，让人很不放心，但转眼间，她便消失在大雾之中了。

过了胳膊肘弯道，是连接进村的路，我越过山冈，走在平缓的水泥路面上，两侧是一片玉米的波涛，无边无际隐藏在雾岚里。离家去财校读书前，我常钻进晨雾缭绕的玉米地，掰下沾有露水的玉米棒,剥掉它身上绿色裙衣,牙齿咬向浆汁丰盈的颗粒,香甜清脆的滋味至今口齿留香。早晨玉米地十分泥泞,每一次走进去,鞋底都粘满厚重的泥坨,很容易损坏鞋子,可与吃到嘴里香甜的玉米相比,我情愿坏掉鞋子。

不远处,红砖瓦房在雾岚中出现在眼前,那是父亲当年精心建筑的房子。以山冈为参照,那土坯房的原址,我不会忘记。穿越大雾疾走几步,院门隐隐约约出现了,我轻手蹑脚踏进院子里,不见任何动静。

空寂的鸡窝搭在一侧墙根处,里面没有一只活物,潦草的棚顶堆放着树枝、瓦块,还有晾晒过劲儿的一串萝卜干。掀开一只倒扣的铁盆,摸出了一把门钥匙,我转身打开了房门。

室内一片漆黑,凭感觉,我手摸向门框旁边的墙壁,有电灯开关,按下去,灯光闪烁中,我心似乎也亮开了。这是一块我从没涉足的陌生领地。父亲建房时,我没能回来看过一眼,只是用电话表达了关心;等他去世时,我也没回来,那时我正在国外进行二十天考察,我可能被骂成最不孝儿子。

一口水缸立于墙角,上面探出一只水龙头,没有拧严,寂寞地滴着水。我在父亲建造的房屋里,见到这样的水龙头,确实感到十分好奇与新鲜,我试探着把它拧开,迅猛的水柱溅出响亮的水花,喷向缸里。赶紧将其关闭。这是新农村建设新产物——通自来水,通下水。去财校读书之前,我家院子西侧有一口水井,每天晚上我都要摇起辘轳把,吱吱呀呀拽出一桶桶带有草棍腐叶之类的井水,两手轮换着拎起,左摇右摆跑进屋里,掀起桶底,哗啦啦地倒进水缸。

打水最难的日子是在冬天,大地封冻得一片僵硬,井沿的冰冻成了厚厚一坨，辘轳把的绳索挂满了冰溜子，井口小得只好用斧头敲打，哗哗冰块落入井水里，飞溅到我脸上、脖子里，激得我浑身打起一个又一个冷战。有时，我会掰下井绳上的冰溜子，放进嘴里，咯嘣咯嘣咀嚼，品不出任何味道，但我喜欢咀嚼时发出的冰冷脆响。

我轻轻摇起辘轳把，往井口叮叮当当放进水桶，僵硬的绳索松开了，水桶一路欢唱着奔赴下去，嗵的一声沉没井底。所有水桶底部都有个拳头大的窟窿，从里面钉有一块巴掌大的半封闭胶垫，桶落到水面一刹那，遇到压力，胶垫自动张开，汹涌的水挤进桶里，绳索往上一提，胶垫自动关闭，一桶水磕碰着井壁爬出井口。

有一年我脚踩在井沿上，突然一滑，脑袋朝向井沿栽去，我满脸罩在井口上，感觉那幽深的黑洞就要拖我进入井底，我已经闻到了水的气息，可我的两手不知怎么就抓住了冻在井沿上的一块石头，是那石头将我从死神手里拦了回来。这样的事以前我们村子里没少发生，人一旦掉入井中，短时间内很难打捞上来，即便费尽周折把人拽出井口，那人早已硬成木桩，井不能再用，只好填了。

二十世纪八十年代，每家水井进行改造，填掉所有大口井，修建压水井。这种井在地面只露出一根胳膊那么粗的铁管，一米多高，打水之时，往压水口倒上一瓢引水，按压井把，引水呼噜噜翻江倒海，水花四溅，地下水就哗哗地抽出来了。

井，成了我一个隐痛。

我躲开了水缸和自来水龙头，行动诡异地向屋里走去，我不知道为何走向那里。屋门口面对着的北面，有一个隐蔽的小屋。推开屋门,一个卫生间展露在眼前。

墙壁上贴着从棚顶一直落到地面的瓷砖,在齐腰高的地方,有三块瓷砖改成了一组兰花。再往下,布满灰尘暴土的坐便池盖上,压着废弃的纸盒。

掀开纸盒按下水钮,水箱里没有水。底下接水管掐断了。我早就听说,很多农民都不愿意把漂亮的卫生间当成排泄粪便的场所,即便在冬天寒冷的夜晚,他们也要身披棉袄跑到室外,哆哆嗦嗦蹲在北风嚎叫的雪地,咬牙切齿进行如厕。眼前的卫生间,成了装饰完美的储藏室,显然是按照规划改造出来的,见多识广的继母香兰同样没舍得使用。

打量着这小屋的棚顶,我猜想父亲那棵野山参,很可能藏匿在上面横杆吊挂的包裹里,那一个个包裹被一张破损的蜘蛛网连接在一起,我有一种急于见到那棵野山参的渴望,如果我现在把它拿到手,不等继母香兰回来,我会转身回去,我好像又不打算跟她说什么了。搬来一把椅子,放在下面,目测了高度,我踏上椅子,摘下包裹,放在椅子上。

揭开那些粗糙的草纸,里面呈现出一个发酵过度的豆酱块,表层已长了绿茸毛,这酱块应该在春天投放酱缸里,到现在还没有落入缸中,可能不用了。我把草纸按原样重新包好,放回横杆,又看好了另一只包裹,准备再登上椅子,外屋房门吱嘎一响,继母香兰回来了。

她手里拎着一只血淋淋的公鸡,显然是刚杀过的,鸡脑袋软塌塌悠荡着,有两滴血悠荡在地上。

我停下行动,不知怎么才能装成若无其事,转过身来说:"待一会儿就走,今晚我早点赶回去。"

那只死公鸡放在一只钢盆里，继母香兰掀开缸盖，舀出一瓢水，哗哗泼入大锅里说："鸡都杀了，怎么走？你多少年没回来一趟，今晚先吃了饭，明早你啥时走我不管。"

我说："我不想吃，我什么都吃不下去。"

她说："你嫌弃我不是？"

我说："绝没有那意思。"

灶坑里的火点燃了，柴草在灶膛里毕剥作响，火舌从坑口翻卷出来。继母香兰又往灶坑塞进一把干树枝，火势压下去，锅盖四周缝隙缭绕起热气，水开了。她掀开锅盖，抄起搪瓷盆，舀出半盆热水，浇在公鸡身上，腥臭的气味散发出来。她攥住两只鸡腿，反复翻转，择起鸡毛。很快，一只光溜溜的鸡身呈现出来，她开始用手指甲精细地择起遗漏的毛楂。

"往后，不要给我拿那些东西了。"

她指了指我身后墙根。那里堆放的大米、豆油，是春节前，我托中学同学小邱给她送来的。父亲去世后，我念及着她的孤单和之前照顾我父亲的情分，每到年底，便麻烦中学同学小邱看望她，送去一些年货。我不能让她感到我们兄妹冷酷无情。

这也许是继母香兰非要杀一只公鸡不可的原因。公鸡从哪儿搞来的，在哪儿杀的，我没有多想，反正她在山冈上匆忙与我分手，就是为了拎回一只杀死的公鸡。

掏出鸡内脏，整条鸡放在木板上，噼噼啪啪剁成碎块，把大锅里剩余的热水舀出来，锅底干爽了，鸡块推进锅里，扔下大把大把葱姜和花椒大料，很快翻炒出浓厚的香味。

我不是回来大快朵颐的，我想说起正题，但在这节骨眼上，我无从开口。

五

鸡肉出锅，装满了一搪瓷盆，继母香兰像想起了什么，转身跑出门外，钻进带有雾气的黑夜，不多时，她手里攥着一把大葱回来，边走边摔打上面泥土，择掉外皮，撂在炕桌上。她说："你爹最爱吃生大葱，他活着时候，我们栽了一大园子大葱，你爹走后，我不栽不栽，还是栽了半园子，习惯难改。"

一盏节能灯吊在头顶，继母香兰在灯下放了一张炕桌，从外屋端来一盆鸡肉，放在炕桌上。扑鼻的香气顿时打开了我的味蕾，我饿了，我到这时还没吃晚饭。

继母香兰踢掉鞋子，两腿盘坐在炕里，拿起一双崭新的筷子摆放在盆沿，暗示出我所希望的礼仪。她拿起这双公用筷子往我碗里夹着鸡肉，催促我快吃，多吃点。千万别客气。我说，不客气。她拿自己的筷子，低头吃了几口，又要拿公用筷子给我夹肉。我碗里肉块堆满了，她手里的两双筷子也在忙乱中分不清公用还是私用。我正琢磨这两双筷子时，感觉有什么人在窗外晃动，抬头看过去，雾气中的黑夜里，又什么都没有，我汗毛紧跟着唰地竖起来了。

像什么事都没发生，我吃掉碗里全部鸡肉，一根大葱和大半碗米饭。收拾掉桌子，跟继母香兰走进西屋。不知怎么，我又不自觉地看向窗外，仍然什么都看不见，漆黑的玻璃反映着我们晃动的身影。立在炕梢色泽黯淡的炕柜，是我家原有的老物件，柜门铁丝烙烫的文竹仙鹤，布满了岁月的油腻。小时候，我每天晚上靠在柜子下面睡觉，悉数着木纹上的图案，感觉那里就是一个隐蔽的世界。伴着木质的气息，我常常沉入幽深的梦里。睡梦见到的人与事，如同另一个真实存在的空间。

"这些东西，还是原来的样子。"继母香兰打开柜门，翻出发白的黄色帆布包，里面并排缝制的小口袋，插着骨针、骨铲、剪刀，一条条长短不一的红布条，系在每一个物件上。从中，我似乎看见了父亲当年挖参的影子……这时，窗外的雾岚聚集起窸窣的声音，我感觉雾一样的父亲从窗子罅隙中走来，站在我身边，他看着我们，又带着几缕雾丝窸窣消失了。继母香兰很好地保存父亲这一套家什，可谓用心良苦，我能说什么呢？我只能听她说道："那时，你爹挖参一走好几天，他好像被山里的什么东西迷住了。"

我说："我知道我父亲上山挖参接近于痴迷，他在我母亲病重期间，总想着上山挖回一棵野山参，来换回我母亲的生命。"

"你娘这一辈子也不容易，她活着时候，村子里就我俩能说得来。"

继母香兰又从四敞大开的柜门里拽出一只黄书包，这是我再熟悉不过的东西，中学读书时，我每天背着这个书包，一路颠簸着跑向学校，一年又一年，后来我上了高中，还背着它，直到考上财校。书包下面两角，不知磨坏了多少次，缝了多少次，最后两块很不搭配的蓝补丁，永远定格在那里，上面密密麻麻的针线，透露着母亲怎样一种心思！

我抽出一本语文，一本数学，两本书都没有了封面，后面书页已经残缺不全。也许父亲有一阵缺少卷烟纸，用过它。有一次，我对父亲抽烟很是好奇，看着他吞云吐雾贪婪享受的模样,我悄悄张开嘴,吸进他刚吐出的一团烟雾,结果那恶臭气味呛得我泪水纵横。父亲嘿嘿坏笑着看向我,又将另一口烟雾喷在我脸上。

继母香兰说:"听你爹说当年就盼望你不去念书,回家干活。他好几次想偷偷处理掉你书包,但都没有成功。你爹说你学习成了呆子,将来会什么都干不成。有一天,他看见你书包,拎起来就往灶坑扔。可老天不遂他心思,那天你家灶坑倒烟,一直不起火,扔进去的书包一点也没烧着。你娘用烧火棍扒拉出你这书包,劈头盖脸对你爹一顿臭骂,骂得狗血喷头!"继母香兰笑了,她又强忍住说,"后来你爹给你开出上学的条件,就是每天捡一捆烧柴。你为了捡到那些烧柴,放学从不走正道,捡到烧柴背回家,摞在山墙根,积攒了满满一垛……你爹说他没想到,最终得了你济。"

有什么东西堵塞了我的咽喉。

想不到我的书包至今还很好地保存着。从这点上看,我委托同学小邱每年春节前为继母香兰送去大米、豆油,一点都不为过。

"现在,我给你找那棵野山参。"

我说:"如果你需要,我不拿走了。"

"那东西,你爹特意嘱咐,一定要留给你。"

继母香兰从东屋搬来炕桌,放在炕中间,举起一把椅子立在炕桌上,说:"这是你爹亲手藏下的,如果我不说,谁都找不到。"她双脚踩上炕桌,登向椅子,摇摇晃晃挺起腰板。

我说:"小心!"

她的手已经伸向了棚顶。

这样的砖房，室内用报纸裱糊，看着驴唇不对马嘴，有些不伦不类。通常情况下，室内的墙壁和棚顶应该粉刷白灰，他不至于穷得连白灰都用不起。那期间，我给他打过几次电话，问他还需不需要钱，父亲说："什么都不需要了，房子封顶了，挺好！你娘要是活着，住上这样的房子该有多好。"

我家原来的土坯房，都是用报纸裱糊墙壁和棚顶，这也许是父亲的一个习惯，那极环保的内饰材料的另一个好处是，我在那上面认识了好多字。我上小学时，晚上回家仰头躺在炕上，看棚顶墙壁上的大块文字，一个个识别，妙趣横生，为此我的识字量远远超过同龄孩子，后来考入财校也在情理之中。

继母香兰敲打棚顶的报纸，摸索着滑动手指，侧耳听起上面的虚实，很快，她找到所要寻找的地方，停下来，指甲抠向裱糊的报纸，撕开一个黑洞，伸进胳膊。我从她脸色轻微的变化中可以看出，她抓住了所要找的东西。胳膊带着一层厚厚的尘垢一点点回缩，一只铁盒出现了，那是早年装糕点用过的盒子。也许年代久远，上面漆面斑驳，坑坑洼洼，就在这时，铁盒上面突然蹿出一只老鼠，惊恐地抽动着耳朵，张望几下，慌不择路，一头扎进继母香兰袖口，簌簌地奔向她的腋窝，消失了。我惊讶的是，继母香兰镇静地伸出另一只手，捂在胸口，按住了那只老鼠，从怀里掏出来，狠狠砸向地面。

铁盒递到我手里，她弯下腰从椅子上挪下一条腿，再挪下另一条腿，踩在了炕桌上，双脚落地了。

铁盒里毫无悬念储藏着一棵野山参，这是父亲认为的宝贝。山参个头有大拇指那么大小，长长的脖颈弯弯曲曲，印刻着每年生长期枝叶留下的窝痕。下面密集的根须显示出曾经有过的飘逸。

"你拿着吧,这东西有灵气,不会无缘无故出现在谁面前。"继母香兰合上铁盒,推到我跟前,一副物归原主的态度。

她又说:"天不早了,你好好休息,明天还要起早赶路。"

我趁机打了个哈欠。

她弯腰伸手捏起地上老鼠尾巴,拎着退出屋子。外屋脚步带出的声响很快消失。窗外出现了凉意,窗玻璃上渐渐蒙一层湿漉漉的水雾,父亲作为雾气的一部分,又带着窸窣的声响出现在窗口,观望起他的儿子……

关掉灯,躺下,我的眼睛慢慢适应这里的黑夜,看屋内四周黑黢黢的摆设,看棚顶刚刚掏开的黑洞,忽然觉得我这次来到乡下,住在这让我怀旧的西屋,正是继母香兰的有意安排。正题仍没能展开,一切都等待明天早晨。我手机不合时宜振动了,摸过闪动的亮光,见是老婆的电话,她吞吞吐吐的口气,难以掩饰心头的悲伤:"春光死了,就是我那个同学春光!"我难以置信,艰难地问道:"什么时候?"妻子说:"二十分钟之前,你明天回来,陪我送送他……"棚顶的黑洞一亮,一只胡乱飞舞的萤火虫,降临在屋子里。撂下电话,我努力对自己说:"睡吧睡吧,什么都不去想。"耳边又嗡地出现了蚊虫声,糟糕的事来了。我手悄悄摸向脑袋下面枕巾,随时准备拽出来,对其进行抽打。明天早晨,我无论如何也要跟继母香兰谈谈,顺便把这只铁盒放回去,我已经不需要它了。蚊虫的嗡嗡再次响起,我手里的枕巾朝着黑夜中的声响胡乱抢去,一挺身坐起,正要开灯,东屋继母香兰那边出现了轻微的开门声。

六

不知是什么作祟,我静静听起外面的动静,继母香兰好像有什么事在躲避着我。我下炕趿拉起鞋,悄悄走到地面。从门缝中看见继母香兰从东屋探出头来。屋外的门,敞开着,一个弯腰驼背老汉从漆黑的外面蹑手蹑脚挤进屋里,直奔东屋,敏捷的身子连同继母香兰一起挤了进去,门关上了,那弯腰驼背的样子,使我想起傍晚招呼我进他家院停车的那个老汉。一股清凉潮湿的气息迎了过来,我睡意全无。东屋出现了插门声。

"我告诉过你,别来,你怎么还来?"继母香兰压低的声音充满了愤怒。

"睡不着。"

"你这样做,我往后怎么办?"

"我看看你就走。"

"还嫌折腾不够?进来就别出去,老实待这儿。"

"我不出去。"

"你真是瞎闹,嫌事不大是吧!"

"他跟你说了?"

"还用说吗?这是明摆着的事。"

好半天没了声响,弯腰驼背老汉在沉闷中突然咳嗽起来。

"你能不能闭住嘴,憋回去。"

"咳嗽还能憋回去?能憋回去,我就不咳嗽了,咳咳咳咳……"

"你就不该来！"

又静下了，像什么声音都不曾有过。我轻轻打开门，走出西屋，踮起脚尖来到东屋门前。继母香兰响起嘤嘤的抽泣声。

透过东屋门的缝隙，我看见继母香兰背对屋门跪在地上，抽泣使她的身子不住地颤抖，她极力控制，又毫无效果。那张炕桌横在她跟前，桌上立着一个相框和一只香炉，香炉里烧着三炷香，在微弱的香火中，我看见继母香兰双手合掌，默默叨咕："他终于回来了，你放心好了，我会从你身边走出去，一切都会好，只可惜……"

那弯腰驼背老汉真就老老实实坐在炕沿上，耷拉着脑袋好像睡着了，他们全然不知道我不光彩的窥视。

第二天睁开眼，天棚那个黑洞不见了，一块湿乎乎的报纸贴了上去，什么时候糊的，我一点也不知道。搓搓脸，从炕上起身，打开西屋门，继母香兰正站在门口，我们差一点撞了个满怀。

"起来了？"

"起来了！"

继母香兰手里攥着一沓纸条，递给我，惴惴地说："这是你爹当年盖房子所有票据，花多少钱，上面记得清清楚楚。"

东屋的门四敞大开，我朝里面扫了一眼，昨晚地上摆设的炕桌、相框和香炉不见了，炕上的被褥叠得整整齐齐。屋里空无一人。

我说："我主意已定，你就住在这儿。"

继母香兰神情恍惚地看着我。

"把票据收回去，还放在你那儿保留。"

"可我已经想好了，我离开这里……其实，我跟你爹一直是搭伙过日子，没有登记领证。"

这个，我没有想到，父亲也从来没跟我们说过。

"你哪儿也不去，就住在这里。"我说得更加斩钉截铁。

"可我……"继母香兰眼圈一红，哽咽起来。

七

她让我吃过早饭再走，再怎么急，也不能不吃早饭。我执意离开，就像上财校读书时那样决绝。继母香兰送我走出房门，走出院门，她又转身跑回去，跑出来，手里捏着那只装有野山参的铁盒说："把这个带上。"

我接过铁盒，收下了这棵野山参，踏着晨露，奔向那个带有胳膊肘弯道的山冈。

昨晚的雾气完全散去，天空明亮，身边成片的树叶在晨风吹拂中，扑簌簌回映着太阳的光影。挤在山窝里的一家家房舍，开始升起温暖的炊烟。山还是原来的山，远处层层叠叠山脉渐次浅下去，融入远方淡淡的云朵里。我给妹妹打去告辞电话，大踏步走下山冈。

我走进那弯腰驼背老汉的院子。一群鸡鸭扑棱起翅膀，呼天喊地扑了过来，围观起我这个不速之客，进行着攻击。院子的房屋正在修缮，大概动工有些时日，院墙一角堆放着沙石和水泥，还有散落的木料就是很好的说明。窗框和房屋门框刚刚漆过，透出新鲜油漆气味，我推门走进屋里，那个弯腰驼背老汉正用一桶白色的涂料，专注地粉刷着墙壁，一个满身白灰的帮工说："我这两天打牌手真臭，一连输了好几百。"弯腰驼背老汉说："你什么时候再打牌，叫上我一声，我也想赢俩钱儿。"那帮工看看老汉，看见我走进来，放下手里的活跑到外面抽烟去了。屋里干净利索的火炕上摞着两套崭新的被褥，上面遮掩一块大塑料布，一沓红红的"喜"字覆盖在里面。我忍不住想笑，弯腰驼背老汉刚才说话那股冲劲儿，完全没了昨晚他在继母香兰屋里的那种唯唯诺诺，他的随和与快活，我父亲无法相比。

弯腰驼背老汉放下手中的忙碌，起身，叫我在屋里坐一会儿，我说我打过招呼就走了。迈出门槛，再次躲过鸡鸭围攻，按响了车锁，车慢慢开出院子，他突然说："等我们定下日子，告诉你一声，你不忙，那天一定过来啊！我们都老了，没有多少亲戚！"

原载《民族文学》2020年第6期
《小说选刊》2020年第8期转载
入选《2020年短篇小说年选》
孟繁华编选，山东文艺出版社出版
入选《2019—2020中国好小说》
《小说选刊》选编，中国书籍出版社出版

欢迎光临

一

长白胡同的聚香楼酒馆门脸不大，厅里摆放着十几张桌子，平时不见得有多少人来，但食客始终没有断流。沈家旺将手机提前下线，去美发厅理了发，又转身钻入隔壁商场买了件薄款羽绒服。前两天下的一场小雪，落在地面很快化掉，但还有少部分星星点点地潜伏在街头巷尾的阴暗处。风像刮骨疗伤的刀片，犀利地嵌入体内。沈家旺步行了十几分钟，来到聚香楼酒馆门前，他要在这里面失踪几个小时。

停下脚步稳了稳心神，伸手推开那扇玻璃门，两侧穿旗袍的迎宾立即弯腰施礼："先生您好，欢迎光临！"

"先生，您朝这边走。"一个迎宾伸出手，指引他来到一张空座位上。

"我想坐靠窗那张桌子，挨空调暖和。"

"好的。"一个圆脸服务员赶紧跟过来。

厅里窗玻璃上的霜花大汗淋漓地从上往下融化着，有水珠溅到桌子上，沈家旺没有在意，他透过水淋淋的玻璃，看着窗外街上熙攘的行人和对面酒店的门脸，坚持坐在了这里。

菜单轻放在桌子上，他将其拿起翻开，一碗碗一盘盘食品图案呈现在眼前，他努力镇静，掂量着图案旁边的价钱，抬起手，指甲不自觉地挠向并不作痒的腮帮，对圆脸服务员说："辣炒小龙虾，红烧鲤鱼，再来十瓶啤酒。"

菜单合上，他盯向圆脸服务员胸牌，那上面没有名字，只有数字。他愣神的工夫，圆脸服务员敏感地侧过身，躲开沈家旺长时间的观望。

"等等，加一盘锅包肉。"沈家旺眼神追赶着她的胸牌说，"让赵小红过来一下。"

"对不起，我们这里没有赵小红。"

"有。"沈家旺不给对方一点儿回旋余地。

"赵小红早不在这儿干了，她回家生孩子了！"背后传来一个女人的回答。沈家旺回过头，看见那女人坐在身后收银台里，嘴唇抹得通红，她说："小红这是怎么了，隔三岔五就有客人来找，都别惦记了，人家回家生孩子，不会再来了。"

沈家旺心忽悠一沉，冰凉起来，赵小红怎么会不在了？他扭动起身子，打量起厅里远处两伙食客，又看了看跟前的圆脸服务员，想走，来不及了，菜已经点完，他只能硬着头皮坐在这里消费。

二

秋天的时候，他跟沈阿姨就坐在这个靠窗的位置上。现在重新坐在这里,他感觉跟上次还是有点不一样,怎么不一样?说不好,反正不一样。霜花不动声色从上往下消融,窗框顶部的水珠不紧不慢滴落下来,沈家旺欠身挪动了一下椅子,躲开滴溅的水花,心里有种出师不利的挫败感。他可是想了好长时间才来找赵小红,她怎么会不在了呢?此时,墨绿色的大理石窗台上积满了霜水,一条条灰色的抹布铺展在上面,水光映出他轻微变化的脸。必须振作起精神,等一会儿,他要拿手机拍照酒馆光彩耀人的布景,拍照辣炒小龙虾、红烧鲤鱼、锅包肉,以组图的方式发送到手机微信朋友圈,显摆一下。

沈家旺妈妈生下他当天,沈阿姨就把他抱走了,给他起了"家旺"这个名字,冠了她的姓。沈家旺八岁那年,淘气淘得没边没沿儿,老师隔三岔五叫沈阿姨去一趟学校,问沈家旺这孩子到底是怎么管教的,有多动症,整天坐不住椅子,影响全班同学。有一次,沈阿姨刚到单位上班,老师的电话就跟过来了,气得沈阿姨当场火冒三丈,她冲着电话喊:"这孩子不是我亲生的,退回去,我不要了。"

沈阿姨是光机所的会计。光机所科研人员成堆,那些孩子都学习好,守纪律,唯独沈家旺让人操心。后来,沈阿姨很为自己说出的话后悔不迭,她一怒之下的失言伤害的不仅是沈家旺,也伤害了自己。无法挽回了。从此沈家旺更加不听话,而且与所有的人都不共戴天,沈阿姨看着他的样子,红着眼圈说:"我一把屎一把尿养你这么大容易吗?你咋这么不让我省心!"

不管她怎么说,沈家旺都变成了破罐破摔,他每天上学的目的是闹老师,闹同学,闹所有能闹的东西。有一次他还抽出椅子上一块活动的木板条,打坏了同学脑袋。

沈阿姨真就把他退还给了他亲妈。那天,沈阿姨牵起沈家旺的手走出家门,乘上公交车,再坐长途大巴,下车走了十几里路,穿过一片绿野,一路打听着摸到了王家村,找到沈家旺从没踏过的那个家门。进了屋里,沈阿姨把他往他亲妈手里一塞,头也不回地走了。沈家旺在乡下继续上学,那所小学离家很远,中间要翻越一座山丘,每天他跟着哥姐上学放学,心里忐忐忑忑,他们说你已不是这家人了,为什么回来?然后一路嗖嗖小跑,"狼来了,鬼来了……"吓得他紧追慢赶狼狈地跟随。放学回到家里,他跟妈妈告状,妈妈反手给他一巴掌:"滚一边儿去!"拎起一桶臭气熏天的泔水,摇摆着肩膀奔向猪圈。沈家旺心凉着,把刚刚渗出的泪水狠狠憋回去。他不再去上学了,在家放羊。他家有两只羊,一公一母,沈家旺把一只视为哥哥,另一只视为姐姐,它们在他眼里成了哥、姐的形象,只要不听话,他就上前踢上两脚,一脚像踢在哥哥身上,另一只脚像踢在姐姐身上,很解气也很心疼。

放羊草甸子有一条小河,不管河那边草怎么好,沈家旺从来不让羊过河,有一次,两只羊吃着草,不知好歹地蹚过了河,沈家旺赶紧撵去,上了岸,他在它们腿上又狠狠踢上两脚。天空早晨黑云密布,这时像漏了无数个眼的大水袋,突然急吼吼倾泻下来,天地电闪雷鸣,河水瞬间暴涨,河道眼见着越来越宽。沈家旺没法赶羊过河回来了,他和那两只羊哆哆嗦嗦站在暴雨里,忽然看见哥、姐抬着一块门板老远跑来,站在河边你一嘴我一句大骂:"死玩意儿!""咋不淹死你!"骂完了,哥哥将门板用一根长绳连接在一根树干上,放进河水里,手撑长杆划动过河,磕磕绊绊运回沈家旺和那两只羊。到了家里,沈家旺发烧，躺在炕上昏沉地大睡了一天，是姐姐叫醒了他，姐姐端来妈妈熬好的姜汤，让他喝下去。这一次，他感到一种从没有过的家人温暖。

秋天的时候，沈阿姨开车出现在村里。她说沈家旺毕竟是自己养大的孩子，连心贴肺怎么也忘不了，十几年来，她每年都悄悄来王家村一趟，站在村口看沈家旺，看他一年比一年长高，一年年懂事了。沈阿姨亲切地攥着妈妈的手说："送走沈家旺那几年，我神经衰弱得厉害，整晚睡不着觉，两个太阳穴突突乱跳，那个疼，我后悔当初没抱养一个女孩儿。如果是女孩子，就不会让我操这么多的心，不会让我落下这么多毛病。现在趁我还有能力，领他回城里，让他在外面闯一闯。自从花猫出嫁，我身边一个人也没有了。"

花猫是沈阿姨的养女，她父母在外旅游时遭遇车祸，人当场没了，花猫成了孤儿。那时身边好多人劝沈阿姨说："不要领养记事的孩子，养不住的，养大了也是白眼儿狼，跟你不亲，孩子必须从生下来开始养。"说得沈阿姨两个太阳穴又疼了好几天，思前想后她还是领养了花猫。

沈阿姨进村时，沈家旺正在草甸子放羊，是哥哥跑过来告诉他消息。哥哥说："你别躲，也别犟了，沈阿姨接你回城，给你找点事干。"沈家旺心里别别扭扭赶到家门口，看见好多人围着车看热闹。后院小青跑过来问："这车是接你吗？哇，好好厉害！"她怀里抱的孩子一个劲儿往车前挣，两只小手拍打着车窗，窗玻璃都弄脏了，留下一道道小手指印。自从小青生了孩子，人就变大方了，见到沈家旺总是眯起眼睛笑，还没话找话说，一点不拿自己当外人。沈家旺没工夫搭理她，他匆忙进屋翻箱倒柜，想找几件适合出门的穿戴，折腾好半天也没找到。沈阿姨说："不用换衣服，赶紧上车，咱们早点赶路。"沈家旺稀里糊涂被哥哥推进车里，刚坐下，就闻到自己身上有一股刺鼻的羊膻味，还有青草的气味，热汗的气味，脚臭的气味。衣裤到处是泥点子，他想下车回家继续找衣裤，这时沈阿姨打开车门进来，她似乎没闻出沈家旺带到车里的气味，或者闻出来了没有在意，她眼睛扫了一下后视镜，亲切地说："你要是饿了，后面有面包，咱们进了城里，阿姨领你下馆子。"又叹了口气道，"你那时要是像现在这样，我咋能忍心送你到乡下，你这孩子！"

三

沈家旺在走街串巷给客户送餐时发现了聚香楼酒馆。他透过宽敞的落地窗，瞧着他跟沈阿姨曾经吃饭的那张餐桌，想起那顿他一辈子忘不了的晚餐，忍不住探头往里观望，没错，就是这张桌子。他还看见一个服务员背对窗口，等待一桌客人点餐。室内通明的灯光映在她那高绾的发髻和长长的脖颈上，从身材和个头上判断，那服务员很像赵小红。沈家旺站下来，想等待她转过身，加以确认。时间在那一刻显得特别漫长，还有一种难耐的煎熬，身后一切噪声都消失了，厅里有一桌客人抬起头，看向窗外，看向沈家旺，看得沈家旺很不自在，他挪动起身子不甘心地走开了。

最终没有看见那服务员的正脸。他坚信那服务员就是赵小红，如果她不经意转过身，看见站在窗户外面的他，会不会大吃一惊？沈家旺不愿意往下想。

其实，那时赵小红已经不在这里，只是沈家旺不知道。

那次他和端庄的沈阿姨坐在紧挨着落地窗的这张桌子旁，厅里有好多人看他，看沈阿姨。后来，那些人不看沈阿姨，只看他，目光的针刺无声地扎过来，剜进去，他又不知如何躲闪。站在一旁的那个服务员，眉头一蹙，抽动两下鼻孔，嗅起周围的空气来。沈家旺衣服是草绿色的迷彩服，遮风挡雨又扛脏，是他平时放羊时最喜欢穿的衣服。还有脚下的黄胶鞋，大脚趾处两个黑洞通风、透气，是他用剪子特意剪开的。面对那服务员奇怪的眼神儿，沈家旺觉得不对劲儿了，脸红一阵白一阵，恨不能有个地缝马上钻进去。他越这样，那服务员越看向他，他只能用眼神狠狠地顶撞她一眼，然后直视起她胸脯上蓝色的小牌，记住了她的名字——赵小红。

沈阿姨好像看出点什么，她指向厅里的一角说："那边有卫生间，你去吧。"

沈家旺逃也似的离开餐桌，逃到卫生间，洗手，洗脸，他要使劲洗掉刚才心中的不快。水龙头喷湿了他的衣裤，喷湿了黄胶鞋，喷得心里那个清爽，他甩了甩湿淋淋的手，抽取一张纸巾擦了擦，回到厅里的座位上，把手里的纸巾往桌面上一扔，对那个叫赵小红的服务员进行着无声的抗议。沈阿姨没有注意他的动作，放下刚刚打完的电话说："我问了花猫，她说有事不过来了，咱们吃吧。"

花猫从小到大都是沈阿姨的乖孩子，她读小学、初中、高中也都在重点学校重点班级，考上重点大学也在情理之中。去年花猫结婚，找了个男博士，是沈阿姨给他们提供的婚房，可以说两全其美。可等花猫生完孩子，问题来了，男博士父母过来帮助照顾孩子，往她那里一住就不走了。沈阿姨说那房子是我省吃俭用买来的，怎么一转眼成他们家的了？矛盾紧接着跟过来。沈阿姨沉着脸说："咱们先吃饭，不提那些事。"她轻轻翻动起菜单，对那个叫赵小红的服务员说："一盘锅包肉，一条红烧鲤鱼，清炒油麦菜，两碗大米饭，两碗汤。"沈阿姨说出菜名的时候，赵小红眼睛又不老实地瞥向沈家旺，瞥向他脚上那双黄胶鞋。沈家旺缩回大脚趾，全身僵直着，一动不敢动。过了好长时间，蜷缩的大脚趾有些发酸，还疼，他试探着一点点伸展，没等歇一会儿呢，赵小红眼神又跟了过来，沈家旺又赶紧把大脚趾缩回去。赵小红不动声色地重复沈阿姨点过的菜名，他以为没事了，以为她不会再看他的黄胶鞋，两只大脚趾再次悄悄伸展，只见赵小红仰起头，脸冲着天棚一阵哑笑，笑得他的眼前一片天昏地暗。

锅包肉端上来，黄澄澄油汪汪，香气扑鼻，沈家旺小心拿起筷子，自卑得不行，沈阿姨倒是坦然，她夹起一块锅包肉抖了抖上面的糖稀，放进沈家旺盘子里说："花猫不来不来吧，她能照顾自己，咱们吃，吃完了办下一件事。"那时，天早已黑透了，窗外的灯光照得街道一片通明，随着夜的加深，行人多了起来，三三两两地行走。街对面那家酒店可能屋子里人太多，有几张餐桌搬到外面门口，其中一桌坐了四五个人，围在一起撸串、喝啤酒。虽然是秋天，地上落上了黄叶，但那帮人好像一点不觉得冷，酒喝得热火朝天。沈阿姨也向窗外瞥了一眼，给自己夹起一块锅包肉，放入嘴里咀嚼了几下，停下来，催促沈家旺说："吃吧吃吧，你不要拘束，大大方方吃。"

沈家旺夹起一块锅包肉，放进嘴里，奇异的香味顿时让他满口生津。很快他吃完了一块，沈阿姨又夹来一块放到他的盘子里，说："你小时候最爱吃锅包肉，尽管你惹我生气，气得我不行，可我还是领你吃。"

他不记得小时候是否吃过锅包肉，但味觉的记忆好像被唤醒，他熟悉这味道，这味道加速了他咀嚼的速度，还没吃几块呢，盘子见底了，沈阿姨扬手招呼赵小红，指了指盘子说："再加一份。"

红烧鲤鱼还没做好，第二盘锅包肉热气腾腾端上来。原来的盘子里还剩下一块，沈家旺怕赵小红连盘子带肉端走，便伸出筷子，夹向那盘子，尴尬的事就在这时发生了，赵小红似乎没看见沈家旺伸出的筷子，或者她看见了，执意要端起那盘子。沈家旺筷子落空，他不甘心，半蹲起身子，伸长了胳膊追赶过去，赵小红手一闪，躲开了，沈家旺筷子再次落空。赵小红没有像他想象的那样拿走剩有一块锅包肉的盘子，只见她把手里的盘子对准新上来的锅包肉抖了抖，那块肉就滑落到新盘子里。这是故意给他难堪呢，沈家旺涨红的脸僵硬在那里，变不回来了。

沈阿姨绝没想到这次补偿，给沈家旺带来多么大的心理伤害。

四

自从成为送餐公司一名员工，沈家旺第一个反应不是去见沈阿姨，也不是告诉乡下的妈妈，他要重新走进聚香楼酒馆，见一下那个叫赵小红的服务员，看她是否能认出他来，是否盯着他的鞋不放，是否还在他没有吃完的时候抢走盘子。沈家旺静静地坐在落地窗前这张餐桌旁，听着窗框顶部的水珠不紧不慢地滴落，感觉所有人都用一种异样的目光说：来者不善啊！

是的，他蓄谋已久有备而来。

赵小红怎么会不在了呢？她要是在这里，他一定让她端茶倒水，给她出几道难题，比方说，筷子掉在地上了，请她弯腰捡起来。菜咸了或菜淡了，请她端回去换一下，不准往里面吐口水。还有，他刚才点的是熘肉段，不是锅包肉，菜上错了。看她怎样回答。事情虽然过去这么长时间，但那天他穿的迷彩服太特殊，她不可能不认识他。他要对这位心高气傲的赵小红说，别以为我不敢坐在这里，别以为我不敢来消费，你狗眼看人低是吧？现在跟我哭没用，请求原谅也没用，我就是要好好折腾折腾你。

赵小红不在了，圆脸服务员站在沈家旺跟前，似乎察觉出他有点特别，整张脸上挂着无辜，随时准备代替赵小红接受刻薄的挑剔。

"你来这里多长时间？"

"一个月。"

"真没见过赵小红？"

圆脸服务员连忙摇头。

"你俩长得挺像。"

圆脸服务员眯起眼，答谢似的笑了笑，那一笑，很像王家村的小青，只是嘴里上牙床多了一颗龅牙。沈家旺回到王家村

031

那些年，他一直跟家后院的小青在一起玩，抓蝴蝶，捣蚂蚁窝，捕家雀，房前屋后整天疯跑。他每次跑到她家门口，屋子里都会传出一声："欢迎光临。"村里的大人们都说："看你俩玩得这么好，等长大了，一起过日子吧。"没等长大呢，小青忽然不理他了，也许她家大人说了什么，或者她自己觉出哪不对味儿，有时俩人在街上碰见，她装作没看见，低头走过去。那时小青个子像春天大地里刚冒出的青芽，一个劲儿疯长，长成了大人模样，人也鲜亮了，很快张罗找婆家。有一次小青特意跟他碰了一回面，大着胆子打听起他哥哥来，沈家旺知道了她心里想什么，故意说："我哥有对象，你别惦记了。"小青脸唰地没了血色，问："女方哪儿的？""我不告诉你。"说完，他心里别提有多么幸灾乐祸了。不久小青嫁给了邻村的一个木匠，终究没能成为自己的嫂子，他后悔着，肠子都悔青了。

沈家旺眼睛又不自觉地看向圆脸服务员的胸牌。

"你以前在哪儿干过？"

"我第一次出来。"

"嗯，像生手，家哪儿的？"

圆脸服务员紧闭长有龅牙的嘴，笑而不答。

"别紧张，我给你出一道题，天上一只羊，地上一只羊，你说一共有几只羊？"

她突然眯眼一笑，知道里面有陷阱。

"我出一个简单的，一只羊，几个脑袋？"

"一个。"

"几条腿？"

"四条。"

"多少毛?"

圆脸服务员答不上来了。

"真笨,一身毛!"沈家旺快活起来,"这回不算,我再出一个比较简单的,草地上有十只羊,跑了三只白山羊,又来了七只黑山羊,现在共有几只?"

"不知道。"圆脸服务员想都不想,一扭身逃走了。

那天从聚香楼酒馆出来,沈阿姨打算领沈家旺洗个澡,再去商场买衣服买鞋,花猫忽然打来电话,说她遇到点麻烦事,请沈阿姨火速支援。所有计划打乱了,沈阿姨开车把沈家旺送到嘉乐园小区门口,说是在这里提前给他找了一份工作,当保安。保安室迎出来一个胖子,沈阿姨叫了一声王师傅,放下沈家旺,掉转车头快速离开。王师傅领沈家旺走进保安室,抽动两下鼻子,上下打量起他全身,慢条斯理掀开吱嘎作响的衣柜门,捧出折叠整齐的衣裤说:"换上吧,今晚是你的班,半夜困了,千万别睡,实在忍不住,偷偷坐在椅子上眯一会儿,也不是不可以。"

沈家旺抱着保安服,心里空空落落像丢了什么。

王师傅问:"她是你什么人?"

沈家旺说:"阿姨。"

王师傅说:"怪不得,她认识我们经理,这工作是她给你找的吧?"

沈家旺说:"是吧。"

王师傅说:"就在这里换吧,没人看你。"

保安服放在桌上,沈家旺一点点解开草绿色迷彩服,露出光溜溜带有膻味的膀子,王师傅说:"里面什么都不穿可不行，我给你找一件衬衣，先对付一下，等你挣了钱，自己再买吧。"沈家旺穿上衬衣，穿上保安服，裤子也换了下来。王师傅伸脚从桌底下勾出一个鞋盒，踢了过来说："鞋我也给你领了，四十三号，穿大不穿小，看合不合适。"

嘉乐园小区大门设两班岗，早晨八点到晚上六点一班岗，晚上六点到第二天早晨八点一班岗。王师傅交代完，想了想，也没什么可说的，猫腰出门，推起保安室后面破旧的自行车，骑出小区。

沈家旺上班头一天，这个小区就发生一起入室盗窃案，时间是凌晨三点，A座一单元六一三室业主出外玩牌，回家刚打开房门，一个黑影从屋里蹿了出来，撞开那业主，跑向楼下。那业主追了两步，急忙给保安室打来电话，沈家旺接听的工夫，那黑影跳出大门，拼命朝外飞奔。沈家旺什么都没有想，扔下电话追了出去。那黑影腿快，沈家旺腿更快，秋天的落叶在脚下沙沙作响，昨晚半夜下了点小雨，地面有些潮湿，还有点滑，两人在胡同里左突右窜，黑影见甩不掉他，猛然停住，扭身掏出一把刀。沈家旺站住了，那黑影转身又跑，眨眼不见了。这时，天边隐约露出了熹微。

六一三室进小偷一事，一大早沸沸扬扬传开了，出外买菜、买油条的业主手拎着塑料袋来到保安室，打听事情经过，都说胡同里到处是监控，那小偷跑不了。沈家旺虽然没有抓住小偷，他的行为还是被一拨又一拨人频频竖起了大拇指。

那业主来到大门口，说他家里什么都没丢，可能那贼刚进屋，他碰巧回来了，柜子里五千块现钞原封没动，只是他本人受了惊吓，现在心还怦怦直跳。那业主开始渲染那贼的样子，神乎其神的，说他当时只感觉眼前一道黑光一闪，什么都看不见了，以为是自己熬夜出现了幻觉。

公安派出所很快传来消息，那贼抓住了，是个小毛贼。

早晨八点，王师傅来接班，他往保安室后面放下自行车，进屋对沈家旺说："奇怪了，奇怪了，我当了这么多年保安，从没遇见过这事，怎么让你摊上了？"边说边从裤兜里掏出一枚鸡蛋，两个馒头，还有一小捏儿用塑料袋包裹的咸菜条说，"没吃饭吧？我特意带来一份，等一会儿吃完了，你去物业办公楼地下室睡觉，那里有个小屋是宿舍。"沈家旺答应着，人没有离开，他陪着王师傅在保安室里待了一上午。那一上午，王师傅两手煜着热水杯，来回揉搓着看向窗外说："你这么小的年纪，怎么干这行？不知道你那阿姨怎么想的，这么干下去，人可就要废了。我年纪大了，什么也干不了，你不能像我这样。"

沈家旺烧开一壶热水，给王师傅杯子加满。

王师傅还说："现在的年轻人，都干快递、送餐，一天能送三四十个单，一个小单挣五块，大单挣二三十，一个月下来，稳稳当当拿六七千，好一点的能拿上万，哪像咱们，整天窝在这小瘪屋，一个月才两三千。你这是第一次出来，摸不着门路，干两个月就知道，啥挣钱干啥！现在农村不至于那么穷吧？有钱的人比我们富，昨天我看你那一身打扮，怎么像……"

沈家旺说："我出门时，没来得及换衣服。"

王师傅慨叹道："难怪，难怪！"

五

啤酒喝掉三瓶，沈家旺微醺了，他招呼服务员，圆脸服务员快速跑过来，十分小心地帮他打开一瓶啤酒。可能紧张，她手有点抖，攥在手心里的瓶盖，啪啦掉在桌上，响亮地滚到地面。啤酒气体充足，溢出的泡沫顺着瓶颈流下来，流在桌子上。圆脸服务员抽出餐桌上的纸巾擦拭几下，怯怯地问："先生，你还需要点什么？"

她居然叫他"先生"，这话不像是问自己。沈家旺手挠向后脑勺，嘎吱嘎吱，一点也感觉不出自己在挠。他想的是，这个圆脸服务员一点不像赵小红，真不像。他忍不住问："我还想打听赵小红。"

"赵小红回家生孩子，她怀孕了。"收银台里那个抹着通红嘴唇的女人又探出头，"有好多人找赵小红，她这是怎么了，犯桃花运吗？都别惦记了，人家马上生孩子。"

"我才不惦记，我就是想让她开酒瓶。"

"开个酒瓶，谁都一样。"

"不一样。"沈家旺梗起脖子，回头看那女人。

"小伙子，听大姨一句劝，喝差不多行了，我没赶你走的意思，好姑娘天下有的是，人可不能在一棵树上吊死，什么事要往开里想，这样憋屈自己可不行。再说，赵小红生完孩子，也不会回我们这儿来了，你还是断了这念想吧！"

"我不是那个意思。"

"我知道，找赵小红的，都是那意思。"

圆脸服务员伸手拿起啤酒瓶，要给沈家旺倒酒。

沈家旺抢过酒瓶说："我自己来。"

酒馆里的光线异常亮了，窗外冬日的阳光躲过一块云层，忽地铺展进来，有些晃，四周的东西开始飘忽不定。圆脸服务员看着他，笑着，那张笑脸竟是重影，也有些晃。王家村小青也是这么笑的，笑容里装满了甜蜜。小青没有成为自己嫂子，成为自己家人，现在怎么后悔都晚了，别再去想。恍惚中，他把圆脸服务员与小青的影子重叠在一起了，她太像小青。

不能再喝，喝多了出洋相可不好。

聚香楼酒馆门口蜂拥起十几个人，门口迎宾欢迎声此起彼伏，没人注意沈家旺，没人在意沈家旺一个人喝了多少酒。倒是有个老大妈，领着一个四五岁男孩子，朝这边看了看，可能被他桌上的啤酒瓶子吓住了，那小男孩子喊："姥姥，他咋喝那么多酒哇？"那姥姥拉住小男孩子说："不老实，再不老实，我给你送乡下奶奶家，别动！"

听着咋那么耳熟，又那么刺耳呢？

在干快递还是干送餐这两个行业选择上，沈家旺纠结了几天，最终因为沈阿姨领他吃过那顿记忆深刻的大餐，他才毅然加入了送餐队伍。入职当天，他买了一部手机，装上软件，整天挂在线上，有人下单，他到公司指定饭店领取餐盒，按照地址和电话送给客户，风一样去，风一样回来，整天忙忙碌碌风风火火。

昨天晚上，沈家旺去嘉乐园小区送餐的时候，发现订餐业主是他第一天上班家里进贼的那户人家。那业主身上带着酒气，让他进屋坐坐，沈家旺没有答应，转身要走，那业主说有件事想跟他谈谈。沈家旺疑惑地停下脚步，那业主说："我直接告诉你吧，那天那个贼，是我自己的外甥，他有我家房门钥匙，严格讲不算贼，他来翻找一张死亡证明，我父亲年前死了，因为家里烂事，外甥一直跟我闹，跟我赌气，后来我俩谁都不理谁。那天凌晨他看我回到家，起身就跑，现在我姐姐整天到我这里哭闹，我外甥按盗窃处理有些重了，我想让你到公安派出所出个证明，那天你追赶我外甥时，他没拿刀，是你自己看错眼了。你的损失，我尽量给予经济补偿。"

沈家旺猛地梗起脖子转身下楼，不管身后那业主怎么"喂喂"，就是不回头。跑下几个台阶，他停住脚步，气不打一处来地冲上面喊："别小瞧人，我不像你想的那样。"

跑到小区大门，王师傅截住他问："刚才干啥呢？送个餐怎么花这么长时间？跟你说件事，唉唉别急着走哇，听我说。你说我这是何苦呢，你刚来那天，我跟你说了一肚子真心话，把你劝走了，这下可好，小区招不上来新保安，只好由我老哥一个人盯着，我看你还是回来吧……知道不，你沈阿姨来找你了，找了两趟，第一次我没告诉她你去哪儿，第二次我告诉她了，有空儿你给她打个电话。"

沈家旺说："我不用她管！"

王师傅说："这你就不对了，到哪儿去应该告诉人家一声，回个电话吧！"王师傅退回保安室，从桌子玻璃板下抽出一张纸条，在窗口甩动几下递给沈家旺。

这时手机响了，又一份订餐单过来。

沈家旺离开嘉乐园小区，在路上给沈阿姨打去电话，沈阿姨说："我怎么能不管你呢，我领你出来，就是想好好管你，到现在，你名字还挂在我户口本上，你还是我家里的人，等花猫这边的事消停了，我再找你。"

圆脸服务员前去给每桌新来的客人倒水，递上菜单，听他们点菜，忙活了一阵儿，她走过来，脑门儿满是密麻麻的汗珠，粘连起两三绺头发，散乱开了，看着叫人心疼。一盘盘菜热气腾腾从后厨端过来，圆脸服务员跑过去接在手中，摆在客人餐桌上，抽空又来到沈家旺跟前，双手叠加在小腹上，站立。沈家旺看着她胸牌说："那上面的编号，应该像以前那样，写上名字。"

圆脸服务员红着脸不知道怎样回答。

不能再喝了，喝多了拿她当赵小红可就不好了。沈家旺再次告诫自己。

六

聚香楼酒馆大门吱地一响，迎宾的欢迎声再次响起。进来的是一对男女：男的人高马大，有点耸肩；女的小巧玲珑，身上背着一只玩具熊，显出一副自以为人见人爱的矜持。两人进门后不停地跺脚，手捂着嘴哈气取暖。迎宾领他们来到沈家旺旁边一张空桌前，冷气还在他们身上发散，传导到沈家旺这边。沈家旺扭动了一下身子，躲开那无形的冷气，见那女的瞥了他一眼，似乎觉出有什么不对劲儿，低声跟男的嘀咕几句，起身抱起玩具熊，两人横移身子走向远处一张空桌子。

圆脸服务员端起热水壶跟过去，往他们水杯里倒上水。那男的漫不经心翻看菜单，费尽力气点上一道菜，想了想不要了，再点，又被那女的轻易否定。沈家旺扭头看过去，那女的手正轻轻捋着玩具熊身上的绒毛，那男的手里不停地翻动菜单，注意到沈家旺扫来的眼光，脸色现出一种难以排解的做作。

"结账。"沈家旺等不下去了。

"好嘞！"

圆脸服务员刚要过来，那男的叫住她："等一等，来一个剁椒鱼头，我点几个了？"

"一个。"

"先把这个上来。"

圆脸服务员冲后厨喊了一声："剁椒鱼头。"

那男的又翻起了菜单。

圆脸服务员不好意思地回头冲沈家旺说："先生，您稍等。"

这一等，沈家旺又喝掉一瓶啤酒。

传菜员手举托盘从后厨出来，托盘上面是个很大的银锅，在蒸气缭绕中微微抖动，看样子重量不轻。圆脸服务员赶紧奔过去，伸手接过颤巍巍的银锅。

"妈呀——"那女的乖戾地跳了起来，撞得身下的椅子吱嘎一响，汤溅到桌面上，溅到玩具熊上。那女的彻底尖叫了，她敞起嗓门喊："怎么搞的，你会不会端菜！"

圆脸服务员吓住了，低声下气地说："对不起，实在对不起！"她拿起纸巾擦拭桌面，擦拭那玩具熊。

"你看怎么办吧？"那女的扑通一下坐回椅子，身子往椅背上一摔，等着答复。

"我给你洗。"圆脸服务员再次低声下气，"要不，我赔你。"

"你能赔得起吗？懂不懂，这叫兔熊。"

"叫老板过来！"那男的开口了。

收银台里那个红嘴唇女人不知什么时候没影了，门口两位迎宾木然站立，空调的声响忽然大起来，杂乱的声波在厅里来回撞击。一只蟑螂爬过桌面，眼看就要消失，沈家旺扬手猛地一拍，咣当，桌上所有物品剧烈地跳动，有两只空啤酒瓶啪啦啦倒了，响声压过了一切杂音。厅里所有的人都没了动静，都等待他进一步反应。沈家旺晃悠悠站起身，盯向那一对男女，一刻也没放松。自从在嘉乐园小区追赶过那个贼，送餐时见识过那么多人，他胆子早就大了，没什么事情能叫他害怕。他冲圆脸服务员说："别管她，咱不惯这号人。刚才我清楚看见，那汤是他们自己碰洒的！"

"什么意思，想打仗是吧？"那男的站起身。

卫生间门口突然响起红嘴唇女人的叫喊："都别动手。"她手攥着没有系好的腰带，三步两步绕过几张桌子，横在沈家旺跟前说："让她赔，让她赔，弄脏了客人，就得赔。"

"她能赔得起吗！"那男的几乎是吼了。

"你瞧不起人是吧？"沈家旺的手插向裤兜，冲出餐桌。他裤兜里有一大把钱，是他最近送餐工作全部的收入，他打算掏出来摔给那女的，或者上前塞给圆脸服务员，今天他要进行一场张扬的挥霍。

红嘴唇女人手疾眼快，趁沈家旺手还没从裤兜里抽出，猛地张开双臂紧紧抱住他，哀求道："行行好，给我个面子，哪天我叫赵小红过来，让你们见上一面！"

沈家旺挣脱着，竭尽全力地挣脱，他的身体此时正迸发起一股强大的力量，无可阻挡地向外冲击！这感觉太好了，从小到大他还没敢这么理直气壮过。

砰，红嘴唇女人潦草系上的腰带挣开了，她放下紧抱他的双臂，重新补系腰带。

人怎么没了？没得干干净净，悄无声息。那对男女连同玩具熊，全都没有了，就像那桌前压根没有人存在过。外面的阳光斜在窗子上一角，在厅里挤下静谧的光影，窗框顶部的水珠还在不紧不慢往下滴落，桌子上的筷子、水杯、银锅剁椒鱼头都变成了摆放在那里的静物。

红嘴唇女人松了一口气说："刚才我以为你裤兜里揣着什么铁家伙，原来除了钱，什么都没有。谢天谢地，你们要是在我这里弄出事，往后我这酒馆就甭开了……看你这样子，不像能打架的人，怎么一身虎劲儿……"回头瞅瞅圆脸服务员，眼风一撩说，"不会是又看上我们这位……"

沈家旺虎起脸："你说什么呢！"

七

走出聚香楼酒馆那扇玻璃门，沈家旺看见冬天的阳光又移到马路对面去了，时间不早，一缕尖细的冷风刮走了他的酒劲儿，头脑也随之清醒不少。他觉得她太像小青了，就凭她像小青的分上，他们谁都别想欺负他！门口牌匾耷拉下一排长短不齐的冰溜子，有一滴水珠不偏不倚砸进他的脖颈里，酒劲儿彻底过去,他跳脚掰下一根冰溜子,回头望见躲在玻璃门后面"小青"的脸上还挂着没褪去的委屈和愧疚。什么都别说了,沈家旺从兜里掏出手机,上线,今天要多送几个单,把丢掉的活儿抢回来。一路小跑的当口,耳边又回响起了刚才酒馆送客的声音:"先生慢走,欢迎下次光临。"

原载《人民文学》2020年第11期
入选《中国当代文学选本》(第5辑)
王昕朋主编,中国言实出版社出版

哈拉海有了太平鸟

一

王磊是我单位的同事,也是我微信好友,有一天,他在朋友圈里晒出一群鸟呼啦啦飞过大地天空的视频,那群鸟头顶一律生长尖尖的羽冠,身上灰色的羽毛点缀起各种花色,很是好看。视频上方写下这样的留言:"太平鸟落户哈拉海村。"我从没见过这种鸟,平时常见的鸟也无非是麻雀、燕子,再就是近几年出现的喜鹊。这时,突然有一件事提醒了我,它如同田野的风,吹拂着我的面颊,我必须给他拨打一个电话。

不凑巧的是,王磊正跟什么人吵架,电话接听的时候,他嘴也没停下来,一边跟对方争辩着什么,一边冲着电话里喂喂,语气挺冲。他可能没认真看一眼来电显示,这会儿听出是我的声音,语调马上降下来,有了短暂的平静。

我问:"出了什么事?"

王磊声音又重新打捞出来,有些沉重,他结结巴巴地说:"没什么,就是,就是……"他似乎犹豫着是否将真相告诉我。

我说:"刚才我听电话里吵得很厉害。"

王磊清了清嗓子,勉强挤出一句:"是那个伊尔根。"

我的思路有点断档,不知接下来怎么跟他说话。对于伊尔根,我七八年前就认识,那时我们单位在哈拉海村搞扶贫,我接触过他,知道他是个单身汉,没有妻儿,是个性格古怪的人。这种人做事还挺有主见,说话得理不饶人,但也不是什么时候都有理。

我问:"你怎么能跟他吵起来?"

王磊"唉"地叹了一口气,说:"一言难尽,等有时间见面我跟您说说。"

我说:"我正打算去你那儿,搞个采访。"

王磊说:"太好了,您什么时候过来,帮我劝劝伊尔根,做做他思想工作,这个人太固执,我跟他什么道理都说不通。"

据我所知,五年前王磊去哈拉海担任驻村第一书记,带领村民走出一条由资金扶贫转向思想扶贫、技术扶贫的新思路,取得优异成绩,我想把他的事迹写成通讯,发表在我们单位内部出版物上,用以鼓舞人心。

和王磊通完电话没过十分钟,伊尔根的电话就打过来。听声音,嗓门挺大,他说:"你应该过来评评理。"

我问:"怎么回事?"

伊尔根说:"我一两句话说不清楚,你过来就知道了。"

我说:"好吧,但你千万不能跟王书记吵了。"

与两人通过电话,我觉得很有必要见见王磊,见见伊尔根。伊尔根这些年一直一个人过日子,是村里有名的贫困户,关心一下很有必要。对于他的单身情况,以前有过不少传闻,听说很多人帮他介绍过对象,他也看过很多次,都没成,主要是女方嫌他穷。伊尔根的穷,穷在他"光棍儿"上,如果他能讨上老婆,帮他料理家务,守住钱财,他也不至于穷到这份儿。这两年也许年龄大了,他死了这份心,谁要是给他张罗介绍对象,他反倒跟谁急,看那样子他要继续把光棍儿打下去,并振振有词地说:"我一个人吃饱,全家不饿。"

伊尔根和王磊两人都向我抱委屈,兹事体大,第二天我冒着晨露,一大早开车从省城长春出发,前往哈拉海村,想尽量做些劝解,避免问题扩大化。

二

哈拉海村有村民519户,人口1152名,自从王磊担任驻村第一书记以来,他在村民中开展多次走访排查,给192个贫困户建立档案,帮助他们种植红豆、黏玉米、花生等农作物,还大力开发搞庭院经济,让每家每户在自家院子里种植万寿菊,并联系到一家企业,签订了收购协议,这样下来,村里的农户每年会有上千元钱的收益。

这项工作最初开展得并不顺利,万寿菊刚引进哈拉海村时,农户们不予理睬,王磊就挎着装有万寿菊秧苗的篮子,挨家挨户推广,苦口婆心解说,手把手教农民如何栽培,如何浇水施肥。不久,这项目总算推广开来,形成了规模。可最让王磊挠头的是,万寿菊种植推广到伊尔根那里,却遭到不小阻力,他说什么也不种植,连推带搡把王磊赶出院子,说这么大院子栽植那玩意儿白瞎了，他要种植木耳，菌包都买好，放在房后的架子上，外面罩着一大块塑料布，就等着气温适宜，将菌包一个个竖在院子里，等长出木耳，采摘晒干，发往全国各地。伊尔根自行主张的理由是，木耳比万寿菊收益高，同样的院子，种植这东西要比种万寿菊多出几千块钱。

王磊说："你这想法好是好，可种木耳也得成规模，这样销路才不成问题。"

伊尔根说："这个不用你管，我自有办法。"

木耳一年生产两季，有夏耳，还有秋耳，从秋后结果看，伊尔根种植的木耳产量并不理想。原因是，哈拉海村地处平原，从光照、气温上比，总不如山沟里生产的木耳质量好，品相也一般，价钱自然上不去。第二年王磊又向他推广万寿菊，伊尔根还是不接收，他说他又有了新打算，准备在院子里种西瓜，种完西瓜可以种秋白菜，这账怎么算都比种万寿菊划算。

伊尔根就这么犟，还怪，什么事都想特立独行，又什么都搞不成。在村里落得个贫困户，又不承认自己贫困。

都说伊尔根从小吃百家饭长大的，命苦，他三岁丧父，母亲带着他改嫁到姓王的一户人家，本来好好的日子，他娘儿俩有了归宿，可哪承想，伊尔根五岁那年，母亲得了胰腺癌，离开了人世。都说母亲得这病是心不顺造成的，她跟姓王的男人半路成家，加上带着一个孩子，日子过得别别扭扭，俩人三天两头打一架，闹了几次离婚，还没等离成，她自己先得了病，然后离世。年幼的伊尔根只好跟这个姓王的继父生活在一起，虽然母亲活着的时候，总跟姓王的继父打架，但母亲离世后，继父待他还算不错，继续收养他，没过多长时间，姓王的继父又找了个老伴儿，伊尔根就在这样一个完全没有血缘关系的家庭里继续生活。天有不测风云，平静的日子又不幸被打破了，姓王的继父跟一个跑长途货运车司机外出，发生车祸，命丧他乡。伊尔根只好与这位继母相依为命。继母身体一直不好，那种日子的艰难，谁看了都心酸。有一年村里来了一群干部，其中一名干部看到他的家境，当场从兜里掏出钱，放到继母手里。钱虽然不多，却让伊尔根记忆深刻，那名干部的形象随之在他心中一天天地不断被放大，变为崇高，他暗暗发誓做人要做那样的人。

王磊来到哈拉海村的前两年，伊尔根总把他与当年那名干部的影像重叠在一起，他怀疑王磊就是那名干部的后代，几次想与王磊在闲唠中得到验证。但答案是，王磊的父亲也是农民，他从小在农村长大，根本不会有个当干部的爹，伊尔根为此大失所望。

王磊在单位里曾与我同在一个科室，对他的情况我了解一些。他从农村考上大学，学习成绩一直优异，毕业后考入省城的公务员，工作踏实能干，单位遴选驻村第一书记时，他第一个报上名，说自己肯定能在扶贫的道路上大干出一番事业。当时，我们都为他那份决心感动了好一阵儿。

像王磊这样的人，怎么能跟伊尔根吵嘴呢？

三

自从王磊在哈拉海村担任驻村第一书记，我从没来过村里。

近几年农村变化太大了,大得与我印象中的哈拉海村有很大的差别,用日新月异来形容一点也不为过。此时,天公作美,放眼望去,尽是蓝天白云,每家房屋墙壁粉刷一新,还用美术字在上面写起村规村约,配些漫画,生动而形象。刚进村口,我看见有的人家院门口竖起一根长杆,长杆上高高挑起一个个大红灯笼,有风吹过来,灯笼飘起,慢悠悠打着旋儿,旋出乡村特有的趣味。很多年前入驻村里的喜鹊,这会儿俨然成了这里的主人,它们在村路两旁的树枝上翻飞跳跃,翘起高傲的尾巴,梳理着羽毛,见到陌生的车辆,嘎嘎叫唤几声,飞向远方报信儿去了。最让人称奇的是,树枝上聚集起的一群鸟,头顶上生长着尖尖的羽冠,身上灰色的羽毛上点缀着各种花色,这无疑是王磊在视频里晒出的太平鸟了。也不知是什么原因,突然有一只太平鸟飞起,紧跟着就有一群鸟飞离树枝,漫天飞舞,热热烈烈,好个喧闹。

这么多年,我知道王磊在这里工作不容易,他刚到哈拉海村那会儿,时常背着两袋子葵花子回到单位,说是扶贫项目,农民用大锅炒熟的,让我们分别品尝。那些葵花子也不知怎么炒的,不是火候太轻,就是太重,我们又不好意思打击他的热情,默声品尝完毕,就听见王磊说,大伙都买一点,多买一点,算支持我工作,也算扶持贫困农民。他很快卖掉两袋子葵花子,整理出零碎的钞票,回哈拉海村送往贫困户家里。没到两个星期,他又背过来两袋葵花子,说是这两袋和上两袋不一样,出自两户人家,可我们品尝着那些葵花子,都是一个味道,也照例购买一些,还利用午休时间帮助他到各办公室推销。

这两年,王磊不再使用这种笨拙方法了,他搞起了电商,利用 App 推销各种产品，在长春有些商场设立了驻村第一书记专柜，经营起小米、红豆、黏玉米、花生等农作物，打进来的钱款用的都是支付宝和手机微信。据我所知，哈拉海村的庭院经济早已声名鹊起，万寿菊成为主打产品，它不仅可作为食品染料，也具有药用价值，还可供人观赏。走进哈拉海村，就如同走进了一片花海，下一步，王磊准备开发哈拉海村乡村旅游项目。

"欢迎欢迎，总算把您盼来了。"王磊粗壮有力的大手没轻没重抓过来，我感觉他的手掌沟壑纵横，像一把锉刀，割得我手心手背一个劲儿生疼。

"我早就应该过来，准备对你进行一次采访。"我想使劲抽回两手，王磊生怕我跑掉似的，更加用力地握住我。

来到村部，喝茶、寒暄，我们的心情比天气还好。忽然感觉窗口有人站立，我不自觉扭头看上一眼，一个左脸颧骨红肿的人忽然闪身躲开了，像一朵云从眼前轻轻飘过。我们继续喝茶、寒暄，在热烈的气氛中，那左脸颧骨红肿的人又出现在窗口，我再次扭头看时，那人又不见了，像捉迷藏。

我问："这是怎么回事？"

王磊笑着说："是伊尔根，他可能着急向您打我小报告。"

我问："你们之间到底发生了什么事？"

王磊脸色极为难堪，他说："没什么大不了的，主要是伊尔根心里过不了一道坎儿。"

我说："有话好好说说，何必叫他难受。"

王磊说："说来话长，一言难尽，你来了正好帮我做做他的工作。"

我说："我远水解不了近渴，解铃还须系铃人，你也别指望我能解决什么大问题。"

王磊说:"伊尔根说他认识您,您的话,他多多少少能听进去一些。"

这时,村部门口出现了骚动,房门推开又被关上,出现了不大不小的撞击声,接着就是一个人与工作人员急赤白脸的说话声。

王磊说:"你看看这个伊尔根,做事就是不讲规矩。"

我说:"让他进来吧。"

四

真是人不可貌相,当我了解到伊尔根所作所为并知道他心里的想法时,不禁大为敬佩。现在的伊尔根,在村里既是贫困户,又是扶贫工作中的先进人物。几年来,村里接受伊尔根捐赠的人家不计其数,也就是说,谁家有什么大事小情,谁有头疼脑热,伊尔根都会在第一时间赶到,及时献上他的爱心。不仅如此,村里有学生考上大学,不管组织上给予多少扶持,伊尔根都会从自己腰包里掏出钱款,送给人家。有的上学孩子家并不贫困,伊尔根也要送去一份心意,虽然不多,也就二三百块钱,且多是零票,但任何人不得拒收,如果拒收,伊尔根会整天跟着人家屁股后磨嘴皮子,直到人家收下钱款为止。

伊尔根有自己的低保,加上他身体尚可,总能创造点收入,手里还算有些闲款。他创收和别人不一样,收废品。头些年,他弄个手推车走街串巷,捡纸盒,捡矿泉水瓶,还捡些废铜烂铁，有时他走出村子，去更远的村屯捡一些可供卖钱的东西。

伊尔根这种生意做得最好的时候，是在冬天，特别是数九寒天，他不仅能捡到废纸盒、矿泉水瓶，还能捡到成坨的人粪、狗粪。那时，他身穿着一件油渍麻花的黄大衣，脚蹬一双不知从哪儿搞来的大皮靴，头戴一顶厚实的大棉帽，方圆几里路走下来，眉毛、鼻孔和棉帽全染上了一层白霜，他把装满手推车的废旧物品拉回家，堆积在小棚子墙根处，等攒到一定程度再拉到废旧物品收购站卖掉。人粪、狗粪则卸到房后院，一冬天下来，那些人粪、狗粪能捡上几千斤，快要开春时，隐隐发出酸臭的气味，弥漫在空气中，伊尔根会及时找来买主，将几千斤臭烘烘的大粪，变成一沓香喷喷的钞票。

最近这几年，特别是王磊担任驻村第一书记以来，乡村实行网格化管理，集中整顿脏乱差，废旧纸盒、矿泉水瓶不能随便往街上乱扔了，路面旮旯也看不到人畜粪便，伊尔根这份职业眼看就要消亡，但他很快转变思路，将"捡"改成"收购"。这下可好，原来的无本生意一下子有了成本，而且每次上门收废品，总有人跟他斤斤计较，盯着秤杆一点不肯眨眼，一车废旧物品推到收购站卖出去，至少比过去少收入三分之一。这个账伊尔根也认，钱不管挣多挣少，到了他这里都是用来捐献，他自己根本花不了几个子儿。

伊尔根每天一个人吃饭简单，除了一碗饭、一碗菜，他连酱油醋都不买，更别说吃肉了。他对不吃肉还有一套理论，说吃那玩意儿容易得高血压、高血脂、糖尿病。别看长得精瘦，啥毛病没有，就是因为不吃肉。可是，据知情人讲，这话多少说得有些绝对，有人亲眼看到伊尔根在家里炖过一次猪肉、酸菜加粉条，扑鼻的香味让人老远都能闻到。伊尔根家有一口大缸，每到秋天，大缸搬进屋，他往里面下入上百斤的大白菜，腌渍成酸菜。这酸菜能吃上一个冬天，一直吃到开春大地冒出婆婆丁、小根蒜，他又自得其乐地吃起这些绿色健康的野菜。有人还发现，伊尔根除了爱吃酸菜，还爱做冻豆包。每年天一上冻，他搞来几盆大黄米、小黄米，找个磨房碾成面粉，放在家炕头发酵，再搞几斤小豆，烀上一锅，捣碎，用发酵好的黄米面包成鸡蛋大小的豆包，蒸熟，热气腾腾摆在高粱秸秆编织的帘子上，拿到屋外，冷冻成石头一样硬的食品，再收集到面袋子里，存入仓房。这样他每天就不用烧火做饭了。每次出门，从面袋里掏出几个豆包，揣进兜里，路上饿时，拿出一个放在嘴里，慢慢啃咬，啃得硬邦邦的豆包上留下一道道白牙印。再说他身上穿的衣服。他说他身上的穿戴从没花钱买过，都是张三李四家淘汰下来，他看好了，穿在自己身上，舒舒服服，随随便便，没觉得哪儿不妥。

有一年，村里评选"干净家庭"，村民们一致推选伊尔根。当驻村第一书记王磊将这一光荣牌匾送到伊尔根家里的时候，也同时送给他一套崭新的西装，就等着开表彰大会那天，伊尔根穿着上台领奖。这事真就把伊尔根难住了，他跟王磊商量，他可不可以不要"干净家庭"这一光荣的称号？因为他不想穿这西装。这西装穿在身上，躺不敢躺，卧不敢卧，搞得身子一天紧紧巴巴，难受死了。

王磊当即对他进行了批评，说："牌匾都钉在你家墙上了，还能摘下来退掉？"

伊尔根说："可这西装穿在身上，我还怎么出去收废纸盒，矿泉水瓶？"

王磊说："收废纸盒、矿泉水瓶，和穿西装不冲突，你习惯就好了。"

伊尔根问："你见过穿笔挺西装收破烂的吗？"

王磊说："我啥没见过，赶快穿上吧。"

伊尔根被逼无奈，只好穿上这套西装，还没等适应过来，人却生了病，可能跟这西装约束有关，他心理压力太大了。"干净家庭"颁奖那天，伊尔根病得都没有力气上台领奖，彻底掉了链子。王磊对这事也进行了反省，也许当时自己的工作方式太武断，造成了他心理负担，结果适得其反。后来王磊推广庭院经济作物万寿菊时，伊尔根坚持搞他的木耳、西瓜和大白菜，王磊也没跟他硬来。

王磊暗暗给伊尔根算了一笔账，按现在伊尔根收废品的收入，加上国家给他的低保，他早已脱贫，不应该纳入贫困户管理。可情况并非如此，伊尔根每年大部分收入都捐赠出去，实际生活水平仍在贫困线以下，对这样的人，怎么帮扶，成了王磊最为头疼的问题。

五

听了事情原委，我对伊尔根说："你不要捐赠了。"

伊尔根说："捐不捐是我个人的事，别人无权干涉。"

我说："可是，你也是贫困户，你也需要帮助。"

伊尔根说："这我知道，可王书记给我添乱，我不跟他吵怎么办?"

我问:"王书记怎么添乱了?"

原来,前天伊尔根收废品时,在一个坡路上摔了一跤,手推车掉进一条深沟里,轱辘摔掉了,人也摔得不轻,膝盖都擦破了,胳膊肘也摔坏,左脸颧骨不知碰到了什么地方,肿得老高。王磊觉得他这一跤跌得可疑,是不是大病来临的先兆?催促他赶紧去医院检查。伊尔根却不吃这一套,还在琢磨着怎样把摔掉的轱辘再安装到车上去。王磊就对他说,你就别琢磨那破车了,看病要紧,你一旦病倒,会给村里添加很大麻烦。昨天上午,王磊租了一辆车,要亲自送伊尔根去市里的医院,伊尔根就急了,说他什么毛病都没有,摔了一跤,破了点皮,有什么大惊小怪!撕撕扯扯说什么也不上车,坚持摆弄起他那辆手推车,研究起怎么才能修好。

伊尔根的手推车,总能给他闹出笑话,我是知道的。据说有一年他去邻村收废品,赶上县里的领导来检查工作,他忽然从街上冒出头来,扯开嗓门喊:"收废纸盒、收矿泉水瓶、收废锅烂铁了。"本来很愉快的气氛,被伊尔根那一嗓子搞砸了。还有一次,扶贫办同志刚进入那个村,伊尔根手推车便挡在了路上,气得村委会的人脸一红一白,催他把车子往旁边挪一挪,不催不要紧,这一催,伊尔根的手推车推不动了,扶贫办同志的车也开不过去,僵住了,害得车里的人只好下来,帮伊尔根挪动手推车。其实那个泥坑早就存在,因为靠近路边,平时行驶车辆很容易避让,也就没人上心及时处理。村里接到扶贫办同志的下乡工作通知,有人想起了那个泥坑,派人拉来沙石土填上。不巧的是,伊尔根推着他的车子刚走到沙石坑跟前,前面扶贫办同志的车就开过来了,伊尔根赶紧将车子挪向路旁,这一挪不要紧,一只轱辘压到了沙石土上,深陷进去。若不是车上的同志下来帮忙,凭借伊尔根一己之力,无论如何也无法把车子拽出坑来。

伊尔根说:"眼下正是收废品的好季节,你强迫我去医院搞检查,纯属耽误事。"

王磊跟他解释说:"身体比什么都重要,你要是出现个三长两短可怎么办?"

伊尔根说:"你咒我得病是不是?"

我接过话茬说:"不是,你不要往歪了想。你赚那些钱,也是为了捐出去,耽误点时间到医院检查一下,有什么不好?"

伊尔根说:"身体好好的,根本不需要检查。"

我说:"王书记是为你好,你这样又吵又闹,不了解情况的人以为出了多大的事,让外人听了多不好。"

伊尔根说:"这没办法,爹妈给我这大嗓门,我不喊不行。"

六

问题很容易得到解决,伊尔根决定不再修理那辆手推车,而且密切关注自己身体状况,一旦感觉哪不舒服,立马去医院。他还答应,以后抽出时间多琢磨田地里的农作物,种好大田,比如玉米、大豆、高粱,肯定要比收废品收入高。

我抓住一切机会与王磊唠些他工作上的事,收集这些年他给村里办了哪些实事,取得什么成效,以及下一步工作怎么打算。我发现王磊所做的事情很是琐碎,而且事无巨细,忽略了哪一点,都要出问题。自从来到哈拉海村,他每天脑子里的神经都要时刻紧绷,不断地打转转,还要腿勤、手勤、眼勤、嘴勤。总之,他把驻村第一书记这个操心劳神的差事干得风生水起,干得风风火火,实在不易。要是哪天不让他奔跑张罗,说不准他会很难受。

这天,我决定住在哈拉海村,体验一下这里夜晚清新的空气和独有的夜景。吃过晚饭,我和王磊在村街上散步。傍晚前的村庄很是热闹,这热闹首先来自路两侧的树梢,那上面落满了喜鹊、麻雀,还有一些我看不清楚的飞鸟,王磊告诉我,这就是我白天看到的太平鸟。我抬头看去,它们在树枝上蹦蹦跳跳,相互追逐打闹,为即将到来的夜晚做一次热闹的喧嚣。太平鸟过去难得一见,现在它们在大自然中铺天盖地飞翔,着实让人感觉到喜庆。这些鸟也许通人性,见我们仰头观望,更加敞开嗓门吵闹个不停,似在跟人对话;又见我们一脸诧异,干脆脚底蹬开树枝,扇动翅膀,在空中轻歌曼舞起来。

村头有个文化广场,四周相隔几米立起一根白色灯杆,上面接有太阳能板和风力发电机,这会儿街灯亮了,广场四周彩灯跟着闪闪烁烁,音乐声从树根、草丛处,从人造石头缝里悠扬地冒出,一群年龄不小的男男女女奔赴而来,齐刷刷钻进了队伍里,跳起了欢快的广场舞。

我说:"晚上找时间咱们再唠唠你工作上的事。"

王磊笑笑说:"我想跟你说说伊尔根。"

我问:"为什么?"

王磊说:"他是个很有意思的人。这几天闹情绪,可能跟一个人有关。"

我问:"伊尔根怎么了?"

王磊说,目前村里一共有三个单身,伊尔根算一个,还有两个分别是杨广辉和王亚芹。杨广辉得了脑血栓,丧失了劳动能力;王亚芹腿上有残疾,行走不便。这三个人中,数伊尔根手脚利索。有一阵儿,我们打算把三个单身归拢到一块儿,方便扶贫,好管理,但伊尔根家住村西,杨广辉家住村东,王亚芹算好一些,家住在村中间,我怎么也无法把他们硬凑到一块儿,只好放弃了。再说王亚芹,因为她腿有残疾,三十岁才嫁给一户人家,生了一个男孩。孩子刚生下来,她男人说进城打工,一走便没了音讯。头几年,她拿着村里的低保,加上在家养鸡、养鸭,卖出些鸡蛋、鸭蛋,总算把日子应付过去,渐渐把孩子拉扯大了。那男孩,对王亚芹也真是孝顺,一心想外出挣钱,后来他去了城里,在一家建筑工地上干活,结果出了事故。两次打击,把王亚芹精神搞得恍恍惚惚,时好时坏。好时,见人热情、爱说话;坏时,稀里糊涂,自己照顾不了自己,成了村子扶贫工作老大难。可喜的是,最近有好长一段时间,王亚芹精神状态不错,也把自己打扮得干干净净、利利索索,别看腿上有残疾,可脸却是一张美人的脸。

我说:"这是好事,也是你们扶贫一个成效。"

王磊说:"还真不全是我们的作用,主要是伊尔根的功劳。"

我问:"伊尔根收废品的收入都给了王亚芹?"

王磊说:"我不敢完全确认,但村里很多人看见,伊尔根卖掉废品后,总要去王亚芹那里。"

我说:"也许伊尔根对王亚芹有意思。"

王磊说:"大伙背后都这么说,可是,据我观察,他们的关系一直没什么进展。"

我说:"你可以出面给人家撮合撮合,如果两人成了一家,你们的扶贫工作会省很多力。"

王磊说:"事情没那么简单,咱不敢给人家乱点鸳鸯谱。"

我说:"伊尔根要是对王亚芹没那个意思,为什么对她那么好?"

王磊说:"问题就出在这里,前些日子,大伙的论议不知怎么跑到伊尔根耳朵里,他为此发了一通火,心一直不顺,说村里人竟给他造谣,他对王亚芹从没动过歪歪心眼儿。你说说,男女之爱,终归是人之常情,怎么能叫动歪歪心眼儿呢!"

我问:"有什么好办法,对他再劝解一下?"

王磊说:"没办法,只能顺其自然,静观其变。"

七

我对王磊说,想去伊尔根家看看,顺便跟他唠唠嗑儿,从侧面为我那篇通讯写作收集点素材。

王磊说:"好吧。"

我们离开文化广场,往村西走去。村路两旁树干缠绕着花花绿绿的彩灯,连同那一根根白色灯杆上的灯光,照得路面通明瓦亮,如同白昼。我们快步向前行走,身后广场舞的音乐跟我们也渐行渐远,不到十几分钟,王磊领我走进一条细窄的土路,躲过两个水坑,在一家房屋门前停下来。王磊告诉我,这就是伊尔根家。

屋里没亮灯,王磊抬手拍了两下关得严实的门板,很用力,随着他手掌的起落,门板来回晃悠几下,仍然没人出来。王磊就继续拍,拍了四五下,屋里还是鸦雀无声。

王磊说:"伊尔根可能出去了。"

我说:"刚才我没注意,他会不会在跳广场舞?"

王磊说:"不会,他从不参与那种活动。"

我问:"这么晚了,他能去哪儿?"

王磊说:"我猜十有八九去了王亚芹那里。"

我问:"他去那里干什么?"

王磊说:"这我怎么知道。"

我说:"他跟王亚芹走动得这么勤,我看有戏。"

王磊:"我也是这么猜想。"

王磊决定领我去王亚芹家看看,顺便找找伊尔根。我表示同意。就这样,我们转身前往村中。一路上,王磊给我倒出心里的苦水,说他推广万寿菊时,王亚芹、杨广辉、伊尔根三户人家成了他一块心病,王亚芹和杨广辉不能劳动,伊尔根有劳动能力,但脑子里总有自己的道道。最奇怪的是,伊尔根虽然不种植万寿菊,却热心地帮助王亚芹和杨广辉家种植。他们两家院子里的万寿菊,都是伊尔根出力种上去的,你说他这个人怪不怪?

是怪。

我们来到王亚芹家,没有看见伊尔根。我跟王亚芹嘘寒问暖简单说上几句话,看到屋里家具电器齐全,日子过得可以,知道王磊工作很是到位,便走出屋门,奔往村东杨广辉家。在杨广辉家里，我与躺在炕上的杨广辉握了握手，说上几句鼓励和安慰的话，很快又与他告辞。一路走下来，我们仍然没有遇见伊尔根。跳广场舞的人已经散了，广场上空空荡荡，只有孤寂的灯光在那里闪闪烁烁。我们决定再次返回到伊尔根家，今晚一定要见见伊尔根，和他说上几句话。

回到村西，天空一轮圆圆的月亮正好挂在伊尔根家门口那棵树的树梢上，很美。伊尔根家里依然没亮灯，他到底干什么去了？正想再次敲打门板，就听见身后有脚步声，回头看去，不用问也知道伊尔根回来了。

王磊冲着影影绰绰的人影问："这么半天你去哪儿了？"

对方没有急于回答，他探头探脑走到我们跟前，抻长脖子辨认一下，默默掏出腰间的钥匙，打开院门，自己率先走了进去。

王磊故意问："去王亚芹那儿了？"

伊尔根说："去她那儿咋的？"

王磊说："刚才我们也去了，没看见你。"

"没看见就没看见，有什么奇怪？"伊尔根打开屋门，又独自往里走。

我和王磊紧随其后，跟了进去。王磊说："你去帮助我们做好事，我们很感谢你。"

伊尔根开亮了电灯，仍不说话，看他那样子，好像不欢迎我们到来。

伊尔根房屋实在是破旧，屋里散发着似乎只有光棍儿男人才有的孤寂的气息。低矮棚顶，被一根裸露的漆黑圆木支撑着，熄火的灶台锅里盛着水，灶台边上随便放两只碗，旁边不太讲究地扔着一双用过的筷子，干净，却不利索。一铺炕上，除了两条被褥，炕梢撂着一堆书，躺在炕上随时都可以拿起来看。我走到跟前，操起几本，发现那是一堆杂书里面有哲学的，文学的，数学的……天文地理无所不有，好像都是他走街串巷时随手收上来，没舍得再卖出去的。伊尔根喜欢阅读，有点出乎我的意料。

王磊说："伊尔根爱学习，所以他很多想法跟村里人不一样。"

我问："他不看电视吗？"刚才我转身在屋子里踅摸了一圈儿，发现伊尔根屋里居然没有普通人家通常摆设的冰箱、彩电等一些家用电器。

王磊解围似的说："伊尔根平时听收音机。"说着，随手从炕上拿起一个巴掌大的收音机，送到我跟前，像让我鉴别一件古董一样。

我感觉，伊尔根应该是村里最贫穷的一户人家了。

于是我很不客气地对伊尔根说："你不要再给别人捐了，你先自己照顾好自己。"

我这句重复说过的话，也许狠狠刺激了他某根神经，忽然，他不带好气地说："只许你们捐，就不许别人捐？你们太霸道了吧！"

我以前每次来这里，的确捐了一些钱款——我除了从兜里往出掏钱，别的什么也做不了。他拿这件事来反驳，叫我无比难堪。

我说："你和我不一样。"

伊尔根说："怎么不一样，难道你们是人，我就不是人吗？"

话说到这份上,他好像气不打一处来,脚下当啷一声碰响了一只铁盆,他又趁机抬腿朝那铁盆狠狠补上一脚,只见铁盆在屋地骨碌碌滚了半圈儿,惊魂未定似的停在了一个角落,声音大得吓人。

我苦不堪言,想不到自己的一句话,惹起他这么大的愤怒,实在心有愧疚。王磊暗暗扯了一把我衣袖,我随之与他退到院子,身后窗口投来的灯光,将我身子在地上投下好长一段暗影,伸向了院门外。夜色浓了,整个哈拉海村静下来,我强忍着从心里不断涌向脸上的尴尬,想不明白伊尔根怎么会这样?

八

第二天吃过早饭,我准备离开哈拉海村。沉静了一夜的喜鹊、麻雀、太平鸟又在村前屋后的树枝上欢声雀跃,迎接新一天的到来。我无暇驻足,忙着去找王磊告辞,见面后,王磊像对我有所亏欠似的,一个劲儿赔礼道歉,使劲摇晃着和我握在一起的手说:"伊尔根的话,你也别太往心里去,他就是这样的人,心直口快。"

我从兜里掏出事先准备好的一千块钱,塞进王磊衣兜说:"按惯例,我来一趟总要表示一下,这点钱放到你这儿,你想办法给伊尔根添置些家用电器,二手的也行,别让他这么过日子了。"

与王磊分手后,我开着车特意在村里兜了一圈,此时,正值万寿菊花朵盛开时节,每家院落全是黄澄澄一片,甚是好看。

来到村东，我看着杨广辉家院子那一片万寿菊，心里一阵暗暗赞叹，真好哇！这时，伊尔根忽然从门口冒出头来，他来杨广辉家干什么？正纳闷的工夫，伊尔根也看见我，只见他一愣，那摔肿的左脸颧骨在阳光下格外扎眼，他想缩回身去已来不及了，只见他很不自然地硬着头皮往外走。

我踩下脚底的油门，让车加速驶离。

车在村路上没行驶多长时间，王磊打来电话，他带着沮丧的腔调对我说："这个伊尔根，他怎么知道了你给了那一千块钱，非从我手中要走不可，这会儿可能又去王亚芹那儿了。"

我没有多少惊讶，苦笑着说："我刚看见他从杨广辉家门口出来。"

原载《民族文学》2021年第8期
入选《2021年短篇小说年选》
孟繁华编选，山东文艺出版社出版

养水仙花的人

一

这是个好天气,天空像水洗似的透明。叶之谦来到阳台,将十几天前存放的烧纸,往花盆与花盆的罅隙间推了推,理顺了几片快要耷拉下来的水仙花叶子,心有点乱,他转回身,来到门口,拎起早晨收拾的垃圾,带上买菜的便携车,恨不得一头扎出家门。

叶之谦将垃圾投放到垃圾箱那一刻,忽然想起刚才出来时好像没锁房门。每次离家都是认真锁门的,可今天他对这一程序没有一点记忆。门到底锁没锁?一点也想不起来了。不能心存侥幸!他转身回到楼道里,摸着楼梯扶手上楼,爬过几层楼梯台阶,站在了家门口。房门锁得严严实实,真是庸人自扰了。他又伸手拽了拽门把手,确认没问题,安全了,拉上便携车再次下楼,慢悠悠赶往早市。

给老伴儿过完头七,女儿薇薇飞往了南方她所居住的城市。那里有她工作的公司,有上小学的孩子,她不可能在这里滞留太长时间。况且,她需要尽快从丧母的悲痛中解脱出来。"人总有一死,过度悲伤对身体百害而无一利,"他对薇薇说,"你未来的路还很长,发展好自己才是对妈妈最好的报答。"

女儿薇薇原本打算也给他订一张飞机票,劝他跟她一块儿去南方住一段日子,等啥时心情好一些再回来。薇薇还为他去南方找了个借口,说可以帮她接送孩子,料理家务。他愣眉愣眼盯住薇薇说:"我答应了吗?我可没同意你的想法,我就要一个人守在家里,你休想说服我。"老伴儿活着时,他曾说过,假如她离他而去,他绝不再找老伴儿,绝不请保姆,绝不给女儿添麻烦,绝不去养老院。他牢牢坚守着这四个"绝不",不可能听从女儿薇薇的摆布。

老伴儿去世,女儿薇薇回到了南方,他忽然感觉自己一夜苍老,睡眠也不好,一晚上顶多睡三四个小时,稀里糊涂,空空落落,梦做得乱七八糟。到了白天,便秘又开始困扰着他,好像他一天中最重要的事情,就是如何解决便秘。好在他每天坚持五点醒来,在床上转眼球、搓耳朵、握固、叩齿、咽津、鸣天鼓,身体还算说得过去。

确认锁好了门,不再有牵挂,似乎心无旁骛了。他拖着便携车,在楼下砖石路上嗒嗒嗒前行,走得很慢,没什么要紧的事,必须慢走。迎面看见了他家对门的老邻居,她好像刚从早市上回来,手里拎着两个塑料袋,隐约可见里面几只苹果和一捆小白菜。老邻居退休前是歌舞剧团的歌唱演员,每天早晨起床她都要在家里吊嗓子,啊啊啊啊——那时老伴儿刚在医院检查出问题,心情很不好,听到那"啊啊啊"就不胜其烦,她命令叶之谦过去敲门,对其进行强有力的阻止,两家闹了个半红脸,好在老邻居很知趣,再"啊啊",也都是跑到外面大野地里,迎着初升的太阳,尽情而嘹亮地"啊啊"了。

老邻居知道他老伴儿去世,停下脚步,脸上现出一片愁容问:"人遭罪了没有?"

叶之谦故作淡然地说:"还行,不算遭罪,走得很安详。"

老邻居说:"积德了,积德了,你也要多保重身体。"

叶之谦说:"谢谢!"

这天早晨,叶之谦心里五味杂陈,他忍不住多看了几眼老邻居的头发,印象中她的头顶没有这么白,几天不见,怎么全白了呢?

二

老伴儿得的是不治之症,那段时间他唯一的希望就是能让老伴儿多活些日子,虽然医院床位紧张,但他还是很幸运地为老伴儿争取到一张病床。办完住院手续,他在附近找了一间出租屋,在那屋里给老伴儿做上可口的一日三餐,装进保温饭盒,用毛巾围在外面,踽踽凉凉地拎到医院。晚上,他回到出租屋休息睡觉,不仅可以省去路途劳顿,也节省了不少奔波时间。

老伴儿住的病房有两张床位,跟她同屋的是一个姓张的老太太,俩人相处很好,没事就坐在床上唠些家长里短。张老太太有个侄女,每天都来到医院,走路像刮风似的来来去去,浑身光芒四射光彩照人。据张老太太说,这孩子家住市郊,前年赶上城市征地，家里成了拆迁户。最主要的是，她家两亩塑料大棚，也同样得到了拆迁款，她家一下子就发了。可就因为那些拆迁款，她和丈夫闹起了矛盾，俩人正在冷战，她也是为了散散心，才开车来到医院。

老伴儿和张老太太聊着聊着，到了吃水果时间，老伴儿拿出一个苹果送给张老太太，张老太太拿出一只香蕉递给老伴儿。俩人正客气，她侄女在一旁一只手接过苹果，另一只手拿过香蕉，把两样水果去皮、切块，混放在一起，分别装进两个果盘，一盘递给老伴儿，另一盘送到张老太太手上。

有时叶之谦早上来得不及时，她侄女会把老伴儿床头柜上的暖瓶打满了开水，供老伴儿吃药用。老伴儿要去厕所，她侄女会搀扶老伴儿下床，穿鞋，小心着把老伴儿搀扶到卫生间里。这样一来，老伴儿和张老太太的关系更加友好和亲密了。

自从老伴儿住进了医院，叶之谦对她百般顺从，老伴儿喜欢水仙花，他就跑了一趟花卉市场，捧回了一盆水仙，放在病房的窗台上。他们家里平时养了十几盆水仙，摆满整整一阳台，别有味道的，那味道究竟是什么样儿？他也说不清，如果硬要说，那也许像草原与河滩的味道吧。

那天，张老太太侄女风一样刮进病房，看见窗台上那盆水仙，惊讶地扑过去说："哇——你们喜欢水仙？"

叶之谦高兴地说："主要是你阿姨喜欢。"

"巧了巧了，真是巧了，我名字叫水仙，张水仙。"她兴奋异常了。

老伴儿说："我喜欢水仙……更喜欢张水仙！"

于是老伴儿和张水仙一起笑起来，笑得那个开心，仿佛整个病房里的空气都跟着笑开了花儿。没什么事的时候,老伴儿还跟她们讲起家里阳台上那一盆盆水仙,讲她如何伺候那些水仙,她说她隔三岔五给它们换水,跟它们说话。"我们家的水仙养了几十年了,从我结婚时就养,那东西一茬茬生长,从没衰败过。如今我女儿薇薇长大了,去了南方,我们守护着那些水仙,像守护着爱情,爱是不分年龄的,只要心里有它就有……"叶之谦知道,老伴儿这不是信口开河,她是故意说给张水仙听的。为尽快岔开这些有点肉麻的话题,他拿起手机,对准水仙,跟女儿薇薇进行了视频。

薇薇说:"这水仙怎么这么好?"

叶之谦:"怎么不能这么好!"

薇薇说:"家里的水仙怎么样了?"

叶之谦说:"好着呐,你妈三天两头催我回去换一次水。"

叶之谦又把手机对准床上口若悬河的老伴儿,移动着走过去,把手机递到了老伴儿手里,相隔几千里的女儿就跟她近在咫尺了。

薇薇说:"我妈气色不错,比以前好多了。"

叶之谦说:"就是就是,她喜欢水仙,看着水仙,能不好吗!"

薇薇张罗请假回来一趟,看看她母亲,顺便替他当个帮手。

叶之谦说:"你回来干吗?这边都挺好,你安心工作就是了,没必要瞎折腾。"

薇薇说:"我怕您这样时间长了,身体会吃不消。"

叶之谦说:"放心吧,我结实着呐!"

薇薇的话好像说到了他的痛处,自从住了医院,老伴儿的情绪很不稳定,特别爱急躁,好的时候,有说有笑;不好的时候,专找碴儿跟他闹别扭。他呢,整天在出租屋和医院之间跑来跑去,着实有些疲乏,还有很多事力不从心。比方说,他给她倒一杯水,她不是说烫嘴,就是说水凉。他在出租屋里精心做好的饭菜,老伴儿吃了一口,告诉他说:"以后做菜一定要少放油,少放盐。"他再次送来饭菜,她又说:"做菜不能不放油、不放盐,太没味了,我怎么能吃得下。"他听得不耐烦了,说:"咱们吃医院里的食堂吧。"老伴儿脸吧嗒撅了下来,说:"你吃吧,我回家,这院我不住了。"

有一天,老伴儿床头上面的铁钩上挂起一瓶药水,他搬了一把椅子坐在她跟前,看着那药水一下下落到滴壶,再流入针管,注入她的体内,看得实在有些寂寞,他打起了瞌睡,睡着了。猛一睁开眼,发现头顶药瓶空了,滴壶也空了,有长长一条回血流到针管里,吓得他大呼小叫。老伴儿从熟睡中睁开眼,气急败坏地说:"你说,你还能干点什么?连个吊瓶都看不住,你说,你还能干点什么!"

后来老伴儿走了,孤身一人的叶之谦,每当想起老伴儿那些絮絮叨叨的抱怨,都觉得那是一种难得的幸福。这样说,并不是他有什么自虐倾向,而是没有经历过一些事的人,体会不到这种感觉。

老伴儿病情恶化是有先兆的,本来窗台上水仙养得挺好,眼看吐出花蕾,鲜花盛开了,可它们却莫名其妙出现了"哑花",叶子和茎秆蔫下来,整盆枯萎死掉。这是他们几十年养花生涯中从没经历过的事情。水仙死了,老伴儿的念想似乎也断了。张老太太的侄女张水仙看见了,心疼地要去花卉市场帮助买一盆。老伴儿摆手坚决给予制止。叶之谦说:"要不,我从家里搬一盆水仙过来？"老伴儿立马回绝。她让他守在床边，一刻也不能离开。很明显，老伴儿的生命进入了倒计时，过多的药水已打不进身体里，她有好几天不进食物了。在她弥留之际，叶之谦心情沉重地给女儿薇薇打去电话。

那一天，无疑是他人生中最为黑暗的日子，阴沉的天空下起了雨，霏霏细雨打在医院窗玻璃上，静静向下流淌，如同他心中的泪水。当白色的布单蒙向老伴儿身体那一刻，女儿薇薇破门而入……

三

他拖着便携车来到早市，觉得心里还是有什么事，能有什么事呢？他一时半会儿想不起来。早市很是热闹，充满了旺盛的烟火气，人们熙来攘往，耳边不时响起卖东西商贩的吆喝。他从穿梭的人群缝隙中看向每一个摊位，看那一堆堆土豆、茄子、西红柿、小白菜、大白菜，很是诱人。他挤进一个摊位跟前，准备挑选几只茄子，想着家里冰箱还有，只好放弃。他又打算买些豆角，但他一个人吃不了多少，又放弃了。便携车在背后受到了阻力，他转回身，见车轱辘碰到一个人腿上，他急忙停下来，给人家让开通道。继续往前走，漫无目的往前走。现在，他不急于买什么东西，他喜欢在这早市里东瞅瞅，西看看，或停下来，打听一下某东西价格。

他来到了花卉摊位前，扑鼻的花香飘浮在空气中，阵阵袭来，他看见了水仙。一盆盆水仙娇翠欲滴，茎秆挺拔，一点也不亚于他家里养的水仙。他站在那里,以一个内行人的眼光打量起每株水仙,准备买两颗种球带回家里,放入水仙盆。不同时段投放进去的种球,自然长出不同长度的茎秆,开放的花朵也会源源不断,这是他养水仙的技巧,也是经验,没人能像他这样体会到水仙花常开不败的乐趣。

"有没有新货?"他知道摊主认识自己,这时准能说出新花样来。

"当然有了,刚进来一批法国水仙。"摊主从身后拽出一只塑料袋,掰开袋口,里面现出一堆大大小小的种球,供他挑选。他的手伸进塑料袋里挑剔地拨弄来拨弄去,想着最近总有一些奇怪的事情在身边发生,让他百思不解。就拿前些日子来说吧,他在这个摊位上买了三颗种球,投放在家里水仙盆里,没隔两天,盆里居然多出两颗,他琢磨着自己是不是记错了?但一想不可能,他明明买了三颗,怎么变成了五颗?后来他又买了两颗,同样投放在家里的水仙盆中,第二天再数,变成了九颗,难道他老糊涂了,神经错乱,没有从老伴儿的去世中调整过来?这可不行,这样发展下去他要出大事的。他决定不再往水仙盆里投放任何种球,即便这样,没过两天,那种球数量竟然增加到了十二颗……

耳边响起手机呼唤的铃声,摊主从裤兜掏出手机看了看,放回去说:"是你的手机响。"

他摸起了自己的衣兜,左摸一下,右捏一把,终于掏出手机,铃声加大了,是女儿薇薇发来的视频。

"你在哪儿?"

"早市。"

"家里水龙头关好了吗？"

"关好了。"

"煤气呢？"

叶之谦停顿了一下，脑门嗡地轰鸣起来，他迅猛掐断手机视频，终于想起那件事了！早晨去阳台看水仙前，他去过厨房，拿水壶从水龙头接了半壶水，然后放在煤气灶上，点燃了灶火，他还看见蓝色的火苗发出幽微的光……是的，他确实点燃了灶火。现在那半壶水肯定烧开了，开了好半天，说不定壶里的水烧干了，水壶烧红了，变形了，滚落出灶台，摔在地上，地上到处是纸盒箱，还有塑料油桶，碰到烧红的水壶，冒起了烟，起火了。他越想越害怕，越怕腿越软，他顾不上再跟摊主说什么，拉起便携车转身往回跑，侧侧歪歪横冲直撞往回跑，他好不容易跑出人群，跑出了早市，耳边响起了鸣笛声，持久而尖厉。家里的水壶是带有鸣笛的，平时他靠鸣笛唤起烧水的记忆，今天怎么把这事彻底忘了。他气喘吁吁心急火燎地跑哇跑，有点跑不动了，便携车在身后拽得东倒西歪，他也不管不顾，胸腔开始冒火，火辣辣地疼，他耳朵里又响起消防车声，那些车肯定朝着他家方向驶去，大火蔓延开了，烧进了整个屋子，狰狞地喷出了窗口，成片的灰尘漫天飞舞……我的老天爷，这可如何是好！老伴儿去世没几日，怎么就闯下这么大祸？他的腿软得不行，他一步也走不了。

大老远的，一头白发的老邻居向他跑来，像是对他的急促进行着回应。

他不仅腿软，浑身也软，他眼睁睁看着老邻居，看着她那一头晃动的白发，一屁股瘫坐在地上。

"终于碰见你了,我知道你去了早市,特意来找你。"

"火,火……"他知道她要跟他说什么。

"你慢慢听我说。"

都着火了,我怎么能听你慢慢说!他沮丧极了。

"你别着急啊,你慢慢听我说。今天早上,我从早市上回来,进了屋,就听见谁家水壶叫,没完没了叫,我打开房门,原来那叫声来自你家屋里。"

他想,你就快说吧,都这个时候了,怎么还慢条斯理!

老邻居说:"这时,一个女人从楼下走上来,她在你家门口站下,好像也听见你屋里的水壶声,掏出钥匙,打开了你家房门,我简直不敢相信,她居然能打开你家房门!"

"什么,你说什么?"

"你家进人了。这女人以前我见过,来过好多次,都是趁你不在家的时候。我一直想跟你说这事,都没好意思多嘴,我猜想,你肯定不知道家里来的这个人,现在回去看看吧,她正在你家里。"

叶之谦最关心的还是那要紧的事。他的嗓子奋力喊出那急切的声音:

"火,火……"

四

老邻居把他从地上扶起来,他耳鸣、眼花,身体有种虚脱的感觉。他费尽力气来到家楼下,抬头看向自家寂静的窗口,彻底相信了老邻居的劝说。他家里并没有他想象的那样着起了大火，没有，一点儿火星都没有，真是谢天谢地。他颓然地钻进楼洞，摸着楼梯扶手，一点点儿上楼，终于到了家门口，站下。自从老伴儿去世，他总感觉她没有离开这个屋子，她还活在这家里，他时常能看见她晃动的身影儿……他慌慌张张打开房门，刚往屋里踏进一只脚，屋里面有一个人走过来，静静站在了他的跟前。他张大了的嘴巴，好半天才发出惊讶的叫声："张水仙！"

他脑袋恍惚着，搞不明白究竟是怎么回事。

便携车怎么拉出去，又怎么拉回来了，里面什么东西都没有。张水仙接过车子，把它立在门后，扶住他的胳膊，进到屋里，坐在沙发上，说："早晨薇薇给我打电话，说今天她对您特别不放心，我就开车过来了。"

叶之谦脑袋还是转不过弯来。

张水仙说："阿姨清醒的时候，瞒着您给了我一把您家的门钥匙，她说假如有一天她走了，最让她不放心的就是您。特别是您说您绝不再找老伴儿，绝不请保姆，绝不给薇薇添麻烦，绝不去养老院，她听了更不放心。"

叶之谦似乎听明白了一些，一个劲儿地木讷着点头。

张水仙说："阿姨怕您一个人打理不好这些水仙，嘱咐我有时间一定过来看看，给这些水仙换换水，加些营养液。阿姨说她虽然喜欢水仙，可您比她更喜欢！她让我一定替她看好这些水仙……有一件事您是不是觉得奇怪，在您往水仙盆放种球的时候，阿姨也往里放了，是替她放进去的，想不到后来放多了，阿姨若天上有知，她肯定会乐得合不拢嘴。"

这个老伴儿，说她什么好呢？！那天他为她送葬回来，在家里做的第一件事，就是给这十几盆水仙换水，进行打理。他告诉水仙们家里发生了不幸的事，他把从外面带回来的烧纸拎到阳台，存放在水仙们的身边，他发誓他会把养育水仙的兴致，一直在这空落的屋子里延续下去……

"你姑姑挺好吧！"他想起那个张老太太。

"她还住在医院里，精神状态比前些日子好多了。"

话说到这里，有了片刻的停歇，张水仙拿起她身边的包包，打开拉锁，从里面掏出手机，轻轻滑动屏幕，找到她要找的联系人，在一串视频的声响中，对方接通了，张水仙脸上随即光芒四射起来，她说："喂——薇薇好，我在这里，大伯挺好的，你不用担心。刚才煤气的确点着火，水壶快要烧干了，我来得还算是及时，你千万不要责怪大伯……"

叶之谦脑袋敞亮了，似乎明白了一切，释然了。窗外的天空依然像水洗似的透明，还布满了阳光，有一只麻雀倏地飞过来，落在外面窗台上，蹦跶几下，瞧了瞧屋里，起身轻快地飞走了。

张水仙急于去医院看张老太太，又像风似的刮走了。出门时，她说："我看大伯挺通情达理，您没像阿姨说的那么古怪。"

"是吗？"叶之谦站在门口回味这句话，对面的房门打开了，老邻居探出一头白发，她可能观察这边的动静有些时间了，神秘地问："没……没事吧？"

叶之谦鼻子酸胀着，他嘴里回答："没事！"心里想的却是，医院旁边那套出租屋还空着，他在那里交了一年房租，签了三年租房协议，他跟房东说，也许他住的时间会更长。

眼泪怎么禁不住出来了……

原载《光明日报》2021年10月22日第14版

《小说选刊》2021年第12期转载

入选《2021中国好小说》

《小说选刊》选编，中国书籍出版社出版

春暖花开时

一

我家住在长春市伊通河畔，疫情过后，天空连续多日晴朗，阳光普照大地，万物萌生，仿佛一夜之间，大自然就变得郁郁葱葱。河两岸的杏花开了，桃花开了，紧接着紫丁香、黄玫瑰还有许多叫不出名字的花儿也次第盛开，放足户外，空气中散发出迷人的香气，似乎醉了路人。

赶在星期日，我与妻子走出家门，走出小区，踏上河边红砖甬道，一路向北。可能气温骤然回暖的缘故，在花丛中、在茂密的树林间，到处搭建着户外帐篷，如同绿荫中爆满的花朵，五颜六色，高低错落。孩子们骑着童车穿行其间，跳绳的年轻人活跃在宽敞处，帐篷里有或坐或卧端着手机、手捧书刊的人们。当然，在石磴处、在草地上，也可见下象棋、打扑克、喝啤酒的中老年人，他们充分享受着大自然给予的美好馈赠。

我与妻子此行目的地，是几千米之外的人工岛。岛无名，仍在修建之中，新栽的树木皆用四根木杆支撑。寻一处石阶坐下，以北面的南关大桥为参照，我开始寻找早已消失在河道里的一条街巷。宽阔的河面水流平缓，反射着耀眼的阳光，恍惚之间，往昔的影像渐渐展开在眼前，我及时把它们打捞出来，讲给我身边的妻子。

二

那是上世纪七十年代初，我家结束了下放两年的农村生活，调回长春市，我父亲在一个叫东岭的地方找到一处房源。那是一栋土坯房，房主人姓白，是个老头儿，身边无儿无女。可能是说话投机，对了心思，我父亲当场决定买下那栋房子。那时东岭属于城市的边缘，房屋一家紧挨一家，墙体多为土坯，房顶一律用油毡纸铺就，上面泼了沥青，压了砖头。房屋里的主人多为弹棉花的，敲铜镲收破烂的，磨剪子抢菜刀的，还有木匠、瓦匠、洋铁匠，打铁的、赶马车的……狭窄的街巷，每家都有一个小院，院子里拉起长长的晾衣绳，上面晾晒着被褥、衣物。夏日里，院子还会生起炉火，每天早晚，炊烟升起，弥漫在院中，缭绕出过日子的烟火气。

我父亲买的房屋实在太破了，年久失修，墙体变形，房顶的油毡纸龟裂，我父亲新单位的领导实在看不下去，一边埋怨我父亲为什么买这么一栋破房子，一边派工人拆掉这栋土坯房，拉来几车红砖，在原址上重新盖起了砖瓦房，从此，我家在这个叫东岭的地方安顿下来。

东岭是个高冈，家门前那条由西往东延伸的街巷，到了此处，再往东十几米就是一个断层。断层下面，由南向北的伊通河水流湍急地穿过南关大桥，再往北流出市区，流入遥远的松花江。河对岸，有十几处练武的场地，每天清晨和黄昏，刀枪剑戟随人而动，嗨嗨呀呀的喊叫声此消彼长，看得我着实有些着迷。在这样的环境里，我从少年长到了青年。如今，那条街巷早已不存在了，一半盖起了高楼，一半变成了河道。我坐在石阶上，望着明亮的河水，望着杂草丛生的河岸及岸边的垂钓者，思绪总是难以平静。

我们家前院有个姓郑的男人，木匠出身，背部有些驼，他是这条街巷里最能张罗事的人，我们孩子都叫他郑大爷。夏天吃过晚饭，我们会看见郑大爷身穿白色跨栏背心，走出家门，站在街巷里，东瞅瞅，西望望，遇到什么人，打一声招呼，或者跟谁进行一场闲聊。他腰间宽宽的皮带裸露在外面，皮带上挂着一个皮夹，巴掌那么大，四四方方，黑红色，皮夹里分门别类存放着钱币、工作证件，又好像他所有的重要物品都装在这皮夹里。皮夹盖子上的黄铜纽扣，油光锃亮，显示着其主人与众不同、见多识广。而郑大爷在街上说出的每一句话，似乎都带有真知灼见，不能不让人信服。这样一来，谁家有什么大事小情，也自然少不了他。

卖给我父亲房屋的老白头，住着一栋又大又好的房屋，他一辈子无儿无女，老伴儿去世不久，他又娶了个新人，那人是个小脚老太太，个子矮小，同样无儿无女。成亲那天，小脚老太太穿一件半新的衣服，胳膊肘里挎着蓝花布包，打扮得利利索索走进老白头家。结婚要有仪式感的，那天，小脚老太太放下包裹，在外屋厨房炒了四个菜，摆在炕桌上，桌上放了一瓶白酒，郑大爷作为证婚人，被邀请到炕桌前，盘腿大坐，喝上酒，脸立马红到脖颈。这样的场景少不了孩子们出现，我们蹦蹦跳跳跑进老白头家院子，扒向窗口朝屋里张望，看喝酒的郑大爷，看年迈的新娘，说不定什么时候，会得到一块喜糖。我们听到喝红了脸的郑大爷嘴里反复说的一句话是："人和人在一起，就是互相帮衬。"然后喝酒、吃菜，再说话，说着说着，郑大爷又重复那句话："人和人在一起，就是互相帮衬。"在我们孩子听来，那句话好像道出了生活中全部大道理。没过两年，老白头离世了，小脚老太太又迎来了一个新人，那老头儿手拉一个四轮小车，车上放着一只柳条箱，身穿崭新而过时的衣装，走过长长的街巷，走进老白头生前留下的那栋房屋里。那天，小脚老太太照例炒了四个菜，炕桌上放上了一瓶白酒，郑大爷又一次作为证婚人被邀请过去，他坐在炕桌前，吃菜、喝酒，说得最多的一句话还是："人和人在一起，就是互相帮衬。"后来，小脚老太太离世了，那老头儿与另一个老太太成亲，郑大爷还是作为证婚人，出现在炕桌前，席间仍忘不了那句话："人和人在一起，就是互相帮衬。"

记忆中，那房屋每次有老人离世，都由郑大爷帮助出殡，他不仅是那些老人的证婚人，也是把他们送上人生最后一程的人。多少年过去，房屋的主人换了一个又一个，一副副陌生老人的面孔在我们孩子眼前出现，又一天天被我们熟悉，他们在房屋、院子里出出进进的身影，让我们知道什么叫互相帮衬着度过晚年。时光无声地流逝，那些老人始终安静而又泰然。

紧挨着郑大爷家山墙的是一户姓吴的人家，男主人叫吴成贵，是一个单位的采买员，人比较闷。在一般人的印象中，采买员应该能说会道，油嘴滑舌，像吴成贵这样的闷人能做采买，实属罕见。平时走在街上，有人主动跟他打招呼，他都表现得不冷不热，时间长了，他与大伙的交流少之又少。吴成贵有着常人可见的优点，能吃苦、肯干。他家的房子是土坯房，每年秋天，他都要从外面运来两车黄土，几捆稻草，稻草用铡刀切成一寸多长的草棍儿，搅拌在黄土里，和泥，抹墙。这活儿干起来很不轻松，会让人挥汗如雨，吴成贵要赶在入冬前，把自家房屋外墙涂抹一遍，这不仅有利于房屋的保护，也有利于冬天屋里保暖。年年如此，从没中断过。干这些活儿的时候，吴成贵有了雄心，想着终有一日将这土坯房拆掉，翻盖成砖瓦房。于是，早在两三年前他就开始实施这一计划，每天下班，他从路边捡几块石头或砖头，放在自行车后架上，用绳子捆绑，推着自行车走回家中。那些石头、砖头堆放在他家院子里，天长日久，堆积如山。星期日，他还会推起手推车，带领他的儿子吴刚，在拆迁房屋的地方捡回来满满一车红砖、青砖。

  吴刚是个跟我一般大的少年，他爹带领他出外捡砖，他从没抱怨过。每次他们父子拉着满满一车红砖、青砖，奋力行走在狭窄的街巷，我看见了，都跑过去帮助拉扯一把。

  有一年春天，吴成贵家院子里的砖石足以盖一栋房子了，进入五月，天气变暖，他拆掉了居住多年不太体面的土坯房，所有家具，包括锅碗瓢盆都裸露在原有的屋子里，上面苫上一层塑料布，用木棍从里面支撑起一块小小空间，成为全家临时住处。那个年代，一般人家盖房子，都要请帮工，干一天活儿，供应三顿饭。吴成贵盖房子没有请任何人，他就一个人干，有时叫上他的儿子吴刚跟他一起干。吴成贵先是在拆掉房屋的地基上挖出半米凹槽，每天下班挖一点，挖到天黑，吃点饭，然后钻到那木棍支撑起的塑料布里睡觉。第二天早晨，天刚麻麻亮，吴成贵早早起来，钻出塑料布继续干活。等到地基四周凹槽全部挖完，便开始往里面投放石头，他把那些不规则的石头反复挑选，顺其形状进行安放，让石头与石头的缝隙相互吻合，剩下的就用泥土填平。石头填满了凹槽，地基也就完成了，下一步就是砌砖。为避免墙体砌斜，每次砌砖，吴成贵都要拉起一根长长的线绳，两端压上砖头，让刚砌上的砖相互找齐，那精细的程度不亚于一名能工巧匠。

　　吴成贵盖房的进度实在缓慢，一天晚上只能砌一两层砖，到了八月份，墙体高度才达人的腰部，照这样下去，入冬前也无法将房屋封顶。吴成贵自己也急，他每天晚上要干到八九点钟，院子里还扯来一根电线，支起一盏一百瓦的电灯泡。他儿子吴刚也没闲着，他整天跟着他爹帮助递砖、端泥，吴成贵又总嫌弃他干活动作太慢，就不停地催促。有一天晚上，吴刚被催促得手忙脚乱，一个跟头摔倒在地，右脸颧骨磕出一寸多长的口子，鲜血染红了整张脸。那天，站在街上的郑大爷急了，他对吴成贵喊："还是让大家伸个手吧，不用你管饭。"

　　吴成贵不说同意，也不说不同意。之前郑大爷也劝过他好几次，他都没有明确态度。这次，郑大爷自作主张敲起左邻右舍的院门，说："老吴家盖房子，大家都伸一把手帮衬帮衬，我们不用他管饭。"

　　郑大爷的话带有很强的感召力，他一下子召集了十几号各家男人，这些人每天吃过晚饭，就聚集在吴成贵家的院子里，和泥的和泥，搬砖的搬砖，拉线的拉线，院子里又支起一盏一百瓦的电灯泡，两盏电灯泡照亮了夜空，映射着一个个忙碌的身影，那场面热闹极了，就连一群飞虫也凑过来，嗡嗡嘤嘤围绕着两盏灯泡喧闹个不停。那一次，教书出身的我父亲也加入了劳动的队伍，他是个不会干活儿的人，特别是砌墙这类活儿，但他依然跟着大伙搬砖、运泥。这次帮工的最大好处是，我父亲熟悉了那些邻居，知道了谁是瓦匠，谁是木匠，谁是洋铁匠。那些人跟我父亲也不见外，说："平时家里有什么活儿，尽管吱声，别像吴成贵这个闷葫芦。"

真是人多力量大，吴成贵家房屋十几天就封顶了，屋里墙壁也抹上了白灰，就等着风干，房屋上了门窗，安心过冬了。

郑大爷爱管闲事，也管到我家里。可能是刚搬来的缘故，我对伊通河有着无比的好奇，有一天，我与吴刚在河边玩耍，看见河里有人野泳，忍不住脱掉衣裤跳进河水。那时，吴刚颧骨上的伤还没好利索，他只能蹲在岸边看我在水里扑腾。忘乎所以间，我呛了一口泥水，捏住鼻子爬上岸，狼狈极了。孩子在河里野泳，是各家最为要紧的禁忌，我回到家中，这事不知怎么被我父亲知道了，他扯过我的胳膊，用指甲刮上去，我的皮肤现出一条白道，野泳的事暴露无遗了。我知道大事不好，先声夺人地扯开嗓门大哭，可能虚张声势的动静太大，惊动了四邻，郑大爷跑过来，拍起我家院门板，劝告我父亲说："孩子知道错就行了，没必要真打。"也许郑大爷那句话起了作用，也许我父亲压根没想对我动手，只见我父亲把我拽进屋里，关上门，没事了。

近些日，当年东岭那个街巷和街巷里的人，时常在我梦里出现，醒来时，我知道我怀念那条街巷和街巷里的人了，我已到了怀旧的年龄。

三

我问妻子："你知道我今天为什么想来这里？"

妻子说："这正是我想要问你的。"

我说："前些日子才知道，咱们小区里住着我家的老邻居。"

我家搬离东岭后，又在长春市搬了几次家，东岭棚户区改造后，当年的住户分散到各个地方，我以为再也见不到他们了。2022年3月长春市出现疫情，我所居住的小区成为防范区。为方便小区管理，物业建立了小区业主群，里面加入了几百号人，物业各项通知，邻居间互帮互助，都能在业主群里看见。居家十几天，我发现家里的降压药已经不足，思考再三，我在业主群里发出求助，一名叫"上善若水"的业主马上回复，说他可以提供帮助。我们互相加了微信，他告诉我他家在哪栋楼、哪个单元、几门。为了避免接触，我们约定他将药物放到他家门口外面一个石凳上，我前去领取。那天，我走出家门，走到"上善若水"家门口，老远看见那石凳上铺一张白纸，白纸上摆放着药盒，药盒旁边有一块折叠整齐的酒精湿巾，显然是他提前将药盒消过毒，如果我不放心，可以再拿那块酒精湿巾进行消毒。我从微信转去费用，他马上回复："特殊时期，大家同住一个小区，互相帮助是应该的。"我说："这怎么能行，你能支援我药物就非常感谢了，药费不能免。"

这事虽小，对我却意义重大。自从我家搬进这个小区，每天忙于上班下班,除了跟物业打过几次交道外,我对这个小区、对小区里的人都不熟悉。由于疫情,我在业主群里看着一些人的对话,听着他们的声音,我好像跟那些人也熟络了。在那段居家办公的日子里,我也有时间打量起小区里的环境,哪里停了什么样的车,哪里有自行车棚,哪里有健身器材,哪里是儿童游乐场,哪里生长了几棵树,哪里的地面冒出了蒲公英,都进入了我的视野。我妻子也有同感,她说:"以前,我从没在小区里过多地停留,每天从外面进入小区,都是直奔自家单元门,也从没像现在这样熟悉这里的一切。"没过两天,小区人员做核酸,我用微信向"上善若水"打了招呼,希望我们在排队时能见上一面,我要当面感谢人家。那天我们终于相见了,相隔两米距离,说了几句客气话,他的头上戴着帽子,脸上捂着口罩,不便多说,但我们都知道了对方大致特征。后来再做核酸,我从队伍里看见他的背影,心里不由得默念:"你好陌生人,祝你好运。"

解除封控后,我走出小区,到附近的超市买菜,那天太阳普照大地,天空像水洗似的一片瓦蓝,我的心也随之澄明起来。我走到超市门口,有个人正好手拎两只塑料袋从里面走出来,我认出,是"上善若水"。我们随即打起了招呼,他好像还要跟我长时间说说话,侧身退到门口旁边,将口罩退到下颌处,问:"你微信用的是真名?"

我说:"是呀。"我看着他的脸,似曾相识,但站在我面前的他,又的确是个陌生人。

上善若水说:"我们应该认识,小时候。"

我看见他右脸颧骨上有一道隐约的疤痕,恍惚想起吴成贵,想起吴成贵的儿子吴刚。我问:"你姓……吴?"

上善若水说:"没错,我叫吴刚。"他又说,"前些天我看见你微信名字,我就猜想,这个人我是不是认识。"

我说:"世界太小了。"

吴刚说:"如果小区没有微信群,也许我们无论如何也无法再碰面。"

我说:"如果你不支援我那一盒药,即便同住一个小区,我们也无法相识。"

我们都笑了,我看着眼前的吴刚,想起小的时候,他跟他爹拉着手推车四处捡砖头、起早贪黑盖房子、摔破了颧骨的情景,还想起我们在伊通河畔的多次玩耍。记得有一年刚入冬,伊通河面冻起薄薄一层冰,人踩踏上去,冰面炸裂出一道道冰纹,吴刚大胆地跑向河中央,飞快地奔跑,咔咔作响的冰层忽闪忽闪,他跑向了河对岸,正当我瞠目结舌之时,他又从河对岸跑了回来,吓得我心惊肉跳。还有一年春天,伊通河水开化,河面漂起一块块浮冰,我们一群孩子手持木棍跳上浮冰,像划着一只小船儿,忽然,吴刚脚底一滑,人落入水中,他两手紧紧扒住冰沿当口,我紧抓住他的衣袖,把他拽出水面,拽上浮冰,吴刚的薄棉衣、棉裤全湿透了,一只鞋也永远丢在了河里……

我说:"咱们可是有过'生死之交'啊!"

吴刚说:"是的,是的,我们又何止是'生死之交'啊!"这一刻,我们都被彼此的兴奋感染着。

吴刚又说:"你还记得郑大爷吧?你绝对想不到,郑大爷还健在,他也住在咱们小区,跟他闺女住在一起。"

我问："郑大爷应该有九十多岁了。"
吴刚说："九十好几，快一百岁了。"

四

  我和妻子从无名岛上回来，阳光依然明晃晃照临大地，河两岸紫丁香、黄玫瑰浓浓的香气飘浮在空气中，醉着路人。我决定利用这个星期日前去看望郑大爷。我在小区门口超市挑选水果的时候，脑子里突然冒出"仁者寿"这句话来。郑大爷无疑是我心目中的仁者，我必须看看他。我和妻子拎着水果回到小区，按照吴刚留给我的楼栋号、门牌号，按响了郑大爷家的门铃。

  我不知道郑大爷现在老成什么样子了，更不知道他能不能想起我来？无论如何，我都要来看看他。就这样，我驻足在郑大爷家门外，听着按响的门铃，我听到了自己的心跳，听到了小区树木间欢快的鸟鸣。

原载《光明日报》2022年6月17日第14版

遥远的筒子楼

一

我努力想象罗强的形象,是因为他打来的几个电话。我不认识他,又不能说完全不认识,起码小时候我们两家是邻居,经常见面。他那双晃动的大眼睛,极深刻地印在我的脑子里,由此我的眼前很快浮现出一群人的影像,虽然年代久远,却画面清晰。

影像的主人公无疑是罗强的父亲罗叔叔,他是我父母常挂在嘴边的人物。有一段时间,我父母在厨房做饭时讲,在饭桌上讲,上床睡觉前也讲。反正说不定什么时候,罗叔叔的名字"罗志贤"会从他们嘴里溜达出来,铺展开去,信马由缰,最终落在罗叔叔炒菜这件事情上。我母亲说,男人下厨房跟女人不一样,他总是把锅碗瓢盆随手乱放,每次做饭,都能看到他家的铲子、勺子扔到我家灶台这边儿到处都是,我不得不帮他收拾起来,刷干净了放回原处。我母亲不得不承认,罗叔叔干活虽然邋遢,但在筒子楼炒菜味道是一流的。在我印象中,罗叔叔炒菜不仅香，还特别，别人都是左手握大勺把柄，右手挥舞菜铲，而罗叔叔却是反着来的，左手挥铲，右手握大勺，那动作怎么都让人看不惯。

其实罗叔叔炒菜的香味，完全来自油锅里的一种食材——辣椒。罗叔叔一家是湖南人，辣椒是必不可少的作料，他家经常炒的是大头菜或菠菜。菜放进大勺，他便大把大把地往里投放辣椒，那横冲直撞的辣味总是灌满了整个走廊，呛得人不住咳嗽，流眼泪，然后又努力回味那刚刚飘散的辣香，荡气回肠的。

那时，我们家住在我父亲单位分配的筒子楼里，十几户人家，都是自视清高的知识分子，这些人也把那筒子楼带动得极为扎眼。筒子楼的特点是，每家每户共用一条走廊、一个厕所，生火做饭的厨灶全搭建在走廊里，厨具铁架子挤占了走廊的半个空间。这样一来，过道就过于狭窄、逼仄了。有人在那里做饭，身后屁股时常剐蹭到过路人的身上。这时，不管手头多么要紧，都要直起身，缩紧屁股避让行人，嘴里还要打一声招呼："回来了？""做饭呐！"或是："出门啊！"也有不打招呼，直接走过去的人。

筒子楼里的人说话南腔北调，他们来自全国各地，对什么事情都好奇，说话也吵吵嚷嚷。一到做饭时间，走廊里挤满了一群戴着围裙、个头高矮不齐、穿着花花绿绿拥挤忙碌的身影。这些人也有默不作声的，更多的是有说有笑。一通热闹之后，饭菜做好了，端起盛有饭菜的碗回到自家屋里，人流散去，欢喜的日子就包裹进了自家的房间里。

我们这座城市很早就有了煤气，筒子楼更不例外。每次打开煤气灶，那蓝色的焰火，会让那些楼外住平房的人家好生羡慕。那些人家用的全是煤烟炉，也有烧木柈的。漆黑的油毡纸房顶，常年歪歪斜斜竖立起一根又一根烟囱，袅袅炊烟从烟囱里钻出来，在天空指引着风的去向。

筒子楼顶没有烟囱，这显得平房屋顶的烟囱也格外突出。这些平房里的人家，为保持室内的温度，冬天晚上从不弄灭炉火，睡觉前往炉火中添加一层湿煤，闷住炉火，一不小心，就造成煤气中毒事件。那些住在平房里的人不仅羡慕筒子楼里的煤气，更羡慕暖气，而我们筒子楼里的人羡慕的，与他们不同，而是罗叔叔炒菜的香气。据我母亲讲，罗叔叔炒菜除了用葱花、花椒面、味素、酱油、辣椒这些作料外，很可能得力于对煤气的火力控制。可以调控的煤气灶，加上罗叔叔的左撇子，炒出的菜自然卓尔不群。

有一段时间，我母亲把罗叔叔左撇子看成是干活不得要领，她曾尝试加以纠正，手把手教他如何使用大勺，如何挥动炒菜铲。罗叔叔很是虚心，及时采纳了我母亲的意见，几次操作后，竟然满脑门是汗，不但左撇子毛病没有改过来，反而两手不知如何使用，也不会炒菜了。

后来得知，罗叔叔只是照顾我母亲的面了，才不得不临时改正一下原有的习惯，属于不得已而为之。

那时在筒子楼里，每个楼层只有两个厕所，男女各一个，且紧紧相连。厕所每天安排一户人家值日打扫，门口挂着小牌，写着户主的名字。有的人家打扫不及时，就有人操起扫把顺手收拾几下。干这活最多的，女厕所这边是我母亲，男厕所那边是罗叔叔。因为打扫厕所，我母亲和罗叔叔就有了很多次交集。

每每打扫完厕所，两人磕磕扫把，都会给对方一个敬佩的目光。

有了这层关系，我母亲每提出一个建议，罗叔叔都虚心采纳，照搬不误。细心的我母亲后来发现，罗叔叔的毛病不但没改过来，反而增添了新毛病——他往大勺里放酱油时，也是反着来的，握有酱油瓶的手总是往外翻，这一翻，手背朝下，手心朝上。当一股细流涓涓溢出瓶口的时候，罗叔叔对酱油拿捏的准确程度叫人十分惊讶，我母亲不得不得出这样一个结论——他炒菜发出的香味，完全出自奇特的思维。

二

在故事展开之前，有必要说说我们家的屋子。那十几平方米的房间里，除了放一张床、一个衣柜、一张书桌，再很难挤出多余的空间。我家的床比较窄，每晚睡觉，我父亲用几个板凳拼凑在床边，上面铺上被褥，床面才变宽了。我母亲说我父亲一辈子就会对付。可不对付又能怎样？屋子就这么大，想不出更好的办法。

每天早晨起来，我父亲将被褥掀开、叠起，撤掉板凳，屋里又腾出一定的空间。我们家书桌兼有餐桌功能，平时在那上面看书学习，到了吃饭时间，弯起胳膊往桌面上一划拉，书本立刻飞落到床铺上。再端来刚出锅的土豆炖豆角、高粱米饭放在桌上。

那时家里只有我一个孩子，吃饭时母亲有足够的耐心教我怎样用筷夹菜，怎样扶碗吃饭，告诫我不能把筷子直插进饭碗里，那是给死人插的；夹菜更不能在盘子里乱翻，那动作会遭人嫌弃；饭粒也不能随便掉在桌上，"锄禾日当午，汗滴禾下土。谁知盘中餐，粒粒皆辛苦。"这是半导体收音机里的声音，也是我母亲常挂在嘴边的诗句。

我家有一台半导体收音机，如一块整砖那样大小，镶有蓝白相间的塑料壳，里面放两节一号电池。每晚吃饭时，我母亲把这金贵的玩意儿移到餐桌上，我们边吃饭边听半导体收音机，那里面好听的声音常让我忘记对饭菜的吞咽。

在半导体收音机之前，我家使用的电匣子，也叫戏匣子，体积如同现在的微波炉大小，固定在一处，用插销通电。由于使用年头过长，电匣子一天比一天老化，像上岁数的人不可避免生病，不住咳嗽。每当电匣子出现嗞嗞啦啦或咳嗽声，我便使劲儿拍打其外壳，说不定哪股寸劲儿，里面的声音又完好如初。

不管是收听电匣子还是半导体收音机，都是我了解外界的重要工具，也是我们家的精神食粮。那里面的风声、雨声、雷鸣声，常常把我们带入流连忘返的神奇境地。我还能从播音员甜甜的声音里，猜测他们长的样子。想象是有力量的，能够生出美丽的翅膀，在我脑子里长久萦回飞翔。那男播音员，我会把他安装在罗叔叔身上；那女播音员呢，我自然会想起罗婶。这样一来，那虚幻的美也就落到了实处。

罗叔叔家没有电匣子，也没有半导体收音机，他所知道的国内外大事，多数来自这台半导体收音机。罗叔叔在走廊做饭、炒菜时，总是支棱起耳朵收听我家里的广播。听到关键处，他停下手里的菜铲，得寸进尺地歪起头，将耳朵凑到我家门口，听得如醉如痴。知道罗叔叔有这一爱好，我母亲就把屋门打开，让收音机音量顺畅地跑到走廊，跑到罗叔叔的耳朵里。我家遮挡屋门的半截布帘，会随着半导体的音量，一鼓一荡，我也时常看到帘外立着的一双腿，如施了定身术般一动不动，久久不肯离去。

我母亲说，多亏那时没有电视，要是我家屋里播放电视新闻，罗叔叔脑袋非探进屋里不可，那样，我家就没有隐私可言了。

罗叔叔只是在门帘外面听，无论如何也不越雷池半步，他严格遵守这一规矩，从没打破。听了广播的罗叔叔，对于全国各地的大事小情如数家珍，嘴里也时常挂着北京、武汉、南京、重庆还有我记不住的城市名字。他身处东北长春，却眼望着全中国，视野大开着。

罗叔叔家屋门也挂着半个门帘，是蓝花布。有时我跑出家门，跑到罗叔叔家门口，从那半个门帘下面往罗叔叔家看。那屋里跟我家不一样，床宽，书桌子比我家的大，有一堆书从地面摞到屋顶，上面夹着一个个零乱的纸条。他家棚顶有木杆滑道，从上面坠下一扇布帘，偌大的床铺就被一隔两段。床上盘腿坐着一个老奶奶，她对小孩很不友好，看见我张望，嘴一抿，吐出一口假牙，红乎乎一团，吓得我撒腿跑掉，她借机鬼魂一般消失在布帘后面。

老奶奶是罗婶的母亲，严格讲我应叫她姥姥，但我们习惯对所有老太太称之为奶奶，就像现在我这一把年纪的人走在街上，总有年轻者称我为爷爷一样。老奶奶户口在湖南乡下，没有城市户口，就没有粮证，她来这里，等于挤占了罗叔叔家的口粮，所以他家的日子比谁家都拮据。据我母亲讲，罗叔叔每月会抽出一个星期天，将自己乔装打扮成工人或农民模样，鬼祟地走出家门，去黑市上购买粮票。再用粮票为家里添补粗粮。有一次，罗叔叔在黑市上进行交易，让人盯上了，被扭送到公安机关。遣返回单位那天，他衣服上一只袖子从肩膀处撕开了个大口子，脖颈上有明显的抓挠血痕，别提有多狼狈了。

　　罗叔叔活得窝囊，三天两头跟罗婶打架。他俩打架很特别，总是事先压抑着声音关好门，然后低声吵，吵着吵着，控制不住，加大了嗓门，随之噼里啪啦打斗起来，乱了阵脚，有碗盆摔在地上，四周灰尘腾空而起。罗婶是典型的辣妹子，动起手丝毫不怯懦，从力气上较量不过罗叔叔，就使用惯常的招数，一头撞过去，以迅雷不及掩耳之势抓住其裆部，拉、扯、拧、撅，罗叔叔立马老实了，脸色煞白，冷汗涔涔，呼救着我父亲前去拉架。他们每次打架，我父母的原则是，能装听不见就装听不见，实在听得不能忍受，才去咚咚敲响罗叔叔家的屋门。我父亲在隔壁苦口婆心相劝，我母亲这边也没闲着，她拿起家里利用率极高的搪瓷茶缸，轻轻扣向墙壁，歪起头，耳朵贴向搪瓷茶缸底部。茶缸有扩音和拢音的效果，落到茶缸底部的耳朵，如同探进了罗叔叔屋里，什么声音都听得一清二楚。有次，我母亲离开屋子去走廊拎暖水瓶，我趁机拿起搪瓷茶缸也扣在墙上，耳朵贴上去，里面不知怎么突然炸开一声巨响，震得脑子嗡嗡生疼。

　　在厮打最为惨烈的时候，屋里那位老奶奶什么话也不说，拽起她的孙子罗强往屋外跑，紧迈碎步来到街上，肌肉扭曲的脸冲向空旷天空，嘴里发出愤怒的叫喊，那声音里分明是对罗叔叔不满。罗强年龄和我差不了几岁，我们在走廊里相见，也不说话，只是彼此用眼睛看，静静看，没有敌意也没有友好。他的眼睛又大又圆，像刚刚从水中捞出来的黑葡萄，晶莹剔透，会勾起我想摘取一粒的欲望。

不管罗叔叔和罗婶打得如何，一旦休战，两人关系立马逆转，似乎比以往更加亲密。在这种亲密期里，罗叔叔像打了鸡血，乐颠颠跑到走廊炒菜、做饭，罗婶也心甘情愿当起了配角，跟在罗叔叔背后，手忙脚乱择辣椒，准备葱姜蒜。那副样子，看着有点让人肉麻，我母亲为此不知偷笑过多少回。罗婶很会与外人相处，全楼暂停煤气的日子，她会从家里端出半盆玉米面，走出筒子楼，一溜烟儿消失在胡同平房里，不到一个小时，又端回一盆油亮亮、黄澄澄的玉米饼。撞见我母亲，脸上羞涩地一笑，不由分说掀开盆帘，塞过来两片玉米饼。我母亲不要，说什么也不要，她知道罗叔叔家粮食不够吃，这些玉米饼来之不易。两个女人像打架一样撕撕扯扯好一阵儿，最终我母亲还是强行把塞到怀里的玉米饼送回到罗婶的盆里，彼此又都心无羁绊地分开了。

三

腊月是东北最冷的时候，所有的东西都冻得咔吧脆响，做什么事容不得怠慢和犹豫，于是这里的人性子急，做事直截了当，来不得含糊拖延。而对于那些来自全国各地的温和清高的知识分子来说，有些不同，他们做事三思而后行，极为含蓄，也极为隐蔽，就像那时许多单位需要保密。保密单位都是用数字代替的，比方说：长春航空液压厂，叫133厂；长春第一汽车制造厂，叫652厂；厂办小学叫652小学，中学叫652中学。652厂职工住着苏联老大哥帮助修建的家属宿舍，冬天从生产车间流出的余热，顺着暖气管道注入每家暖气片里，屋里热得需要将窗户四敞大开，热气腾腾的白雾会冲破室外寒冷，缥缈地散开。

这些科研单位的知识分子，工作性质也都是保密的，所以做事含蓄、隐蔽十分必要。我觉得我父亲的工作没什么可保密，看上去他也极为平庸，但每年年终他会准时捧回家一个印有"先进工作者"的竹篾罩保温瓶，或者带有"为人民服务"的搪瓷缸；我又认为我父亲不平庸，只是他对工作上的事守口如瓶，我就以为他平庸罢了。

我父亲和罗叔叔在同一科研单位，同一个科室，两家又同住在只有一墙之隔的筒子楼，这样的关系很是微妙，有一种说不清道不明的微妙。

我母亲常说，我父亲是个没有人生规划的人，他懒散、随遇而安，在单位又是个不可缺少的中坚力量，却心甘情愿湮没在集体荣誉之中。我母亲还说，我父亲脑子简单又好使，单位那点工作对他来说轻松自如。于是他每天下班回家吃完晚饭，有闲心干些没用的事，比方找借口说屋子小、太闷，溜到楼下跟人扎堆聊起国内国际形势，或借助晚风下一盘酣畅淋漓的象棋。我父亲棋瘾太重，左邻右舍没人是他的对手。为吸引更多人跟他玩耍，他常把自己一侧棋盘剔除车马炮，少了棋子如缺胳膊少腿，我父亲一路侧侧歪歪杀过去，照赢不误，气得对方抓耳挠腮百思不解。这时我父亲坐在那里，嘿嘿嘿咧嘴窃笑，幸福地从兜里摸出一根烟，神仙般叼在嘴上，点上火，狠狠吸一口，半天也不见烟雾吐出来。可以看出，我父亲是个没有多少城府的人，喜怒哀乐常暴露在脸上，借棋讽刺对方，得罪了不少人，自己还不知道。

我父亲有时强拉硬拽找罗叔叔下棋。罗叔叔对下棋不感兴趣，他是个很自律的人，对棋可玩可不玩，他喜欢议论从广播里听到的国内外大事，议论北京、南京、上海这些城市同行业的崛起与发展。不管怎样议论，他都被我父亲强行按到棋盘上，硬着头皮搬起棋子，又冷不丁对我父亲来一将。罗叔叔脑子同样好使，他在棋盘上认真起来，我父亲很难受，也会抓耳挠腮，抠起鼻孔，唉声叹气。严重的时候，会张开两手十指，深插在厚密的头发里，嘎吱嘎吱挠个不停。这时的罗叔叔从不拿我父亲取乐，他只是浅浅地一笑，推掉棋子，两人悄然失踪了，不知去了哪里，直到半夜才各自回到家里。

罗叔叔可以跟罗婶打架，可以在黑市上被人扯坏衣袖，但绝不随便伤害我父亲，也不贬损任何人，后来他在工作上走得更高更远也可想而知。这点我父亲自愧弗如，永远学不来的。

四

筒子楼里最热闹的时候，是每年过春节。春节是大节日，楼里人平时可以很少来往，过春节就不同了，大家同处在一条大走廊，需要在这时间走动走动，表明彼此友好。这种表达方式是相互送饺子。过年我家煮出的头一锅饺子,要盛出一碗又一碗,然后庄重地端给左邻右舍,左邻右舍也同样送来一碗碗刚出锅的饺子。饺子在走廊里端来端去,散发着诱人的香气,烘托起节日热烈的气氛,很是温暖人心,其乐融融。每家的饺子各不相同,吃到不同人家包的不同味道的饺子,无论咸淡、浓厚还是清爽,心里还是欢喜的。我们家给邻居家送去的饺子常常是单独和馅,这馅里的肉比自家吃的饺子肉多,这是个脸面问题,也是为人品德问题,必须这样做。在这样热烈的气氛里,罗叔叔家异常尴尬了,罗婶不会包饺子,他们家过春节从不包饺子,但办法还是有的,就是把东家送来的饺子送给西家,西家的饺子送给东家。有一次,罗叔叔端起一碗饺子刚出门,脚跟不稳,猛地被门槛绊了一跤,整个人摔出门外,碗打碎了,饺子散落一地,人狼狈得趴在地上半天不肯起来。

那碗饺子很有可能是送给我家的,我们都这么认为。事后不久,罗叔叔果然敲响了我家房门,是轻声,像特务接头暗号那样见不得人。当时我们家正在吃自己包的饺子,我母亲手攥着筷子前去开门,见罗叔叔手里拎着一只网兜,没等说上一句话,罗叔叔自作主张往屋里挤。网兜里装有三条冻鲤鱼,我们全家知道罗叔叔是送鱼来了,以补偿那次没有送来饺子的尴尬,热烈的情绪随之高涨起来。

我母亲嘴里发出:"哎呀呀,啧啧!"

我父亲马上撂下筷子跑向门口,同样回应:"哎呀呀,哎呀呀……"他们只能用"哎呀呀"代替千言万语的感谢之情。

罗叔叔闷声拎着网兜,没工夫回应我父母的热情,执意往屋里闯,很害怕我父母这时把他拒之门外,他说:"进屋再说。"

我父亲，包括我母亲怎么好意思让罗叔叔顺顺当当进屋呢，罗叔叔要是轻易进来，显得我父母太不知深沉，太那个了。两人就极力向外阻拦，不管怎么阻拦，罗叔叔还是没费多少力气挤进屋来，随手关上了身后的门。

总不能让罗叔叔一直拎着鱼，我母亲从书桌底下抽出一只盆，接过罗叔叔手里的网兜，将三条鲤鱼倒进去。再客气就絮烦了，我父亲从桌底拉出一个板凳，拉扯罗叔叔衣袖，亲热而实在地让他坐下，一只手紧紧握住罗叔叔的手，半天不肯撒开。

我母亲嘴里不停地说："你看这事，这事，你们留着吃多好。"

罗叔叔很为自己的得逞而得意，他坐在板凳上，挣脱出我父亲紧握的那只手，使劲搓着带有腥味的两手掌心说："这鱼刚从水库打捞上来，出水不到两个小时，吃着新鲜。我看你家总也不吃鱼，给你们拿来三条。"

我父亲脸上堆积着膨胀的笑容，说："真是真是，我家总也想不起来吃。"

罗叔叔忽然说："三条鱼，我也不多算，给我四块五毛钱就行。"

母亲的脸咯噔怔住了，手僵在了那里。我父亲脸继续膨胀着笑，但那笑已凝固成一块硬团儿，别提有多难看了。原来罗叔叔这三条鱼不是白送，是卖给我家。我母亲缓过神儿，为自己找台阶说："好，好，我现在给你拿钱。"回身从书桌抽屉里拿出一个铝饭盒，掀开盖，找出四块五毛钱。可能钱币之间有所粘连，不愿离开，我母亲用食指和拇指对每张纸币强行挤捻几下，递给罗叔叔，不受控制的手簌簌抖动起来。

罗叔叔的行为，搞得我父母一时转不过弯来，三条鱼被收下了，收得勉为其难。送走罗叔叔，我母亲认真端详三条鱼，心里掂量着这到底值不值四块五毛钱。我父亲大大咧咧地说："四块五毛钱，不贵，咱家的确应该吃一顿鱼了。"

当天晚上，我母亲收拾出三条鲤鱼，拿到走廊炖在大铝锅里。

我母亲说，就是这次炖鱼，险些与邻居发生矛盾，酿成事故。也不知罗志贤安的什么心，好事都他做了，反倒显得我们里外不是人。

原来是我母亲炖鱼时间过长。只有长时间煮炖，鱼才能好吃，有一句老话叫千炖豆腐万炖鱼。这平平常常的炖鱼，暴露出厨房一个十分尖锐的问题，就是煤气的使用。因为一层楼所有人家使用一个煤气表，到月底用掉多少煤气，平均分摊费用。这样一来，有的人家做饭简单，使用煤气有限，月底拿出的煤气费却不比别人家的少，吃了哑巴亏，又不好意思声张，只能暗自较劲儿、生气、制造事端。

我母亲炖鱼是悄无声息的，也是低调的，等鱼香飘满了整个走廊，就有人提起鼻子往走廊里嗅，看谁家做这么好吃的东西。三条鱼炖了一个多小时，我母亲觉得时间不够劲儿，要继续炖下去，这时，住在靠近厕所的那家女人，出门朝我家这边看了两眼，也打开炉灶，烧上一大铝锅水。这户人家平时做饭比较简单，爱干净，炉灶无论什么时候都擦得油光锃亮。这家女人还有个习惯，每天晚上要烧上一大铝锅开水，端进屋里，去洗澡。春夏秋冬从不间断。那哗哗啦啦的撩水声，清脆而响亮。那家男主人为了不让木桶里的热气散发得太快，特意用一大块塑料布制作了一个木桶罩，女主人钻进木桶，男主人把塑料罩扣上，不管女主人在木桶里怎么撩水、擦洗，水珠都不会溅到桶外。这样一来，塑料罩表层往往蒙上一层迷雾，女主人晃动的朦胧身影，如同在演一场皮影戏。

虽然这户人家做饭简单，但女主人每天烧水用去了不少煤气，也不算吃亏。在我母亲炖鱼的时候，那边却不这么想，而是把她家的煤气灶也点燃了，比平时烧洗澡水提前了两个多小时。据我母亲讲，罗叔叔那天晚上，特意在神知鬼不觉的情况下，掀开那家铝锅盖，发现那里面除了水，还有一块石头。罗叔叔说："我过高估计了他的科学精神，原以为那家男人在做什么实验，其实不是的，纯属是为了赌气。"因为煮过石头的水，很快被那家女人倒进了下水道。这种赌气方式，使这层楼煤气使用量明显超标。

面对用锅煮石头女人的不满，是罗叔叔前去解的围。他也炖上了鱼，炖的时间不长，炖鱼的香味从锅盖缝处飘出来，丝丝缕缕弥漫到走廊时，他关掉灶火，端起炖鱼锅，送到煮石头的女人面前。对于慷慨的罗叔叔，那家女人无话可说，她关掉了炉灶，跟罗叔叔你推我搡谦让一阵，不得不接过两条炖好的鱼，直夸奖罗叔叔的鱼炖得好香。

这期间，我母亲与罗叔叔之间发生了一件极为秘密的事，我是当事者，只是年纪太小，一直没搞明白是怎么回事。出了那件事后，我有好长时间没看见罗叔叔，他也没脸面再见我母亲了。

没过两个月，罗叔叔去南京出了一趟差，回来时，他身穿一套崭新的西装，衬衫领口打了个歪歪扭扭的领带。罗叔叔要调走了。没过几天，筒子楼下开来一辆大解放车，跳下一群工人，帮罗叔叔搬家了。那是一个早晨，罗叔叔和罗婶早早起床，罗婶身穿一件我从没见她穿过的真丝旗袍，整个人显得焕然一新。罗叔叔还穿他那件崭新的西装，手握一把木梳，反反复复梳理头发。他的头发平时很不规整，罗叔叔就不断往木梳齿上吐上口水，再梳在头上，湿润的头发成绺地贴向头皮。有一只飞虫落入发丝，怎么也不肯离开，他头顶那只飞虫，浑然不知地跟人打着招呼，然后走出楼道，走下楼梯，来到楼门外，一头钻进那辆装满他家物品的大解放汽车里。车缓缓开走了，整个筒子楼里的人的心好像一下被抽空，而我看见罗叔叔头上还顶着那只一动不动的飞虫，不停地挥手与大家道别。

五

很多人不知道罗叔叔调走的真正原因，我母亲敏感地意识到，罗叔叔这次调动绝非偶然，他是因为与我母亲之间的那个秘密而毅然决然调走的。那是个见不得人的秘密，他必须离开。

前面讲过，罗叔叔家因为吃饭问题总跟罗婶打架，自从他当了科室小领导，一切风波都消失了。罗叔叔变了，看上去格外刚毅，还有点鬼鬼祟祟。那些日子他是怎样从困境中走出来，安抚住罗婶，稳固住他的家庭，不得而知，但他在单位带领大家奋勇攻关，获得两大科研成果奖励，尽人皆知。

有一天，我母亲点燃了走廊里的炉灶火，淘米下锅，加水熬粥，回身进屋给我扎辫子，两条辫子。我母亲喜欢女孩，就把一个活蹦乱跳的男孩当女孩打扮。她给我买花衣裳，穿裙子，扎小辫，由着性子任意摆布，简直不可理喻。

我头上小辫子扎完一条，准备扎第二条时，我母亲想起了走廊里的一锅粥。她手握着我一条辫子打开房门，看见粥已经开锅了，热气鼓动着锅盖叭叭作响，浓密的米汤溢出来，顺着锅沿汩汩流淌，浇得蓝色的灶火一惊一乍。我母亲掀开锅盖，放小了灶火，手握我头上的小辫回屋，继续编织，编完了，还在辫梢扎了两根大红绳。我母亲又想起屋外那锅粥，她拉着我的手打开屋门，准备再看一眼锅里的粥，也就在这时，她猛地定住了，牢牢定在那里，因为罗叔叔那只左撇子手，正握着一把大勺子从我家的锅里抆出米粒，投放在自家锅里。他家的锅也在灶上烧着火，里面同样翻滚着清爽的米汤。看样子，他从我家锅里抆出米粒不止这一勺，那左撇子动作如行云流水，顺畅无比，他怎么也没想到这时我母亲会出现。

惊诧地定在那里的我母亲，表现出少有的机智，赶紧车身说："我没看见，我什么都没看见。"她还试图从脸上展现出宽慰的笑容，可最终没有笑出来。罗叔叔那只左撇子手，就那么握着勺子，不会动了。隔了几秒，他慢慢转身回过眼神，目光软软地看向我母亲。我母亲极力退缩，加了个摇摆的手势，嘴里不停地说："我没看见，什么都没看见！"那时的罗叔叔，我父亲的领导罗志贤，眼里忽然布满了哀伤，他努力地看向我母亲，可我母亲根本不看他，她想的是怎样快速退缩、退缩。罗叔叔眼神猛然低落下来，落到我母亲的膝下，他把目光投向了我，投向了我的眼睛，随之身子矮下去。那时我只是个孩子，不懂他的肢体语言，一个劲儿往我母亲身后躲，试图让母亲遮挡住我。罗叔叔就扑通一声坐在了地上，两手揪起自己的头发，痛哭。他的哭，没有发出一点声音。

我母亲终于缩身退回到屋里,她关上门的工夫,一下把我扯倒了,随之,她的手扣住我的嘴巴,没让我发出一点哭声。

对于这事,我母亲后来极为愧疚,甚至是痛苦,这痛苦一点不亚于罗叔叔当时的痛苦。她说:"千不该万不该我在那时出门,鬼使神差地撞见罗志贤,见到他,又千不该万不该反应过激,我们为什么反应那么激烈呢?谁还没个难处,没个缺吃少穿的时候?!"

我母亲因为没机会跟罗叔叔说上这些话,总像藏着一块心病,一直到晚年,她还念念不忘。

六

上世纪八十年代,也就是罗叔叔调走没两年,我父亲单位盖了几幢家属楼,那个让我们骄傲的筒子楼早已光环不再。我们家搬进了新楼三室房子里,我父母时常想起罗叔叔,认定他没能住上这样的新宿舍,真是可惜,亏大了。但据去过南京回来的人讲,罗叔叔在那家单位发展得很好,已成为声名显赫的大领导,大得让人可望而不可即,有时报纸、广播里都能出现他的名字。

这几天我连续接到罗强打来的几个电话,他说他出差来东北,参加一个医药会议,受罗婶嘱托来看看我父母。我告诉他,我父亲去世十年了,我母亲前年冬天也离世了。罗强在电话里沉吟起来,找问,罗叔叔身体可好吧?他说,上个月去世了。

那一代人很快过去了,我们后辈也进入了人生下半场。

我提出在我家楼下附近咖啡馆里见个面,罗强很高兴地应允,随即我们加了微信,我给他发了个位置图。一个小时后,罗强乘坐出租车过来。那是一个我完全陌生的人,陌生得不敢相认,但他那一双晃动的大眼睛,又恍惚唤起我的记忆,小时候我们是时常见面的。罗强说,他有很多话要跟我说。

他说,他在整理罗叔叔的遗物时,发现了两个厚厚的日记本,里面零零碎碎记录着我们两家的来往,似乎有许多只有当事人可以看懂的暗语。他想知道他父亲当年经历了什么,受到了什么刺激。罗强说罗叔叔晚年脾气一直不好,发作起来他简直无法忍受,有一段时间他对父亲失去了耐心,厌倦透顶。

经过窒息般的沉默,罗强回身拽过身边的兜子,打开拉锁,他说他父亲留下的日记也不全晦涩,有些页码能看懂,里面的内容很有意思。他手颤抖着拿出两本发黄的日记本,一股陈年的气息瞬间扑面而来,掺杂着刺鼻的辣味,萦绕开来。他说:"我原准备把这些日记全部烧掉,虽然里面有很多见不得人的隐私,但我还是留了下来。"

我接过日记本,一页页地打开,停留在一则记录上:

今天正月初五,室外大雪飘飞,我与朋友Z去水库打鱼。年关刚过,那里管理很严,也许是大雪天的缘故,冰面不见一人,几米之外视线极差,这正是捕鱼的好天气。我与Z在冰面开凿一个大窟窿,由于冰底缺氧,无数条鱼向窟窿涌来,我们捞得十余条,各分一半。回到家中,想着这鱼自家吃掉有些可惜,遂想到邻居夏家,春节过后送去三条。那一家人见到鱼，高兴得不得了，我随即改变主意，向他们索要四块五毛钱。场面虽有些尴尬，但夏家欣然接受。其实之前我做过调查，那三条鱼在副食商店里顶多卖三块五毛钱，我多卖出一块钱，夏家竟然不知，老夏聪明只是小聪明，实则愚也！四块五毛钱虽然不多，却解决了生活大问题。可是，我又觉得老夏没那么愚蠢，他很可能看出问题，只是留有情面，不想捅破罢了。每念及此，我心生悔恨，恨不得拿起刀来，将自己的这只手剁掉，剁掉那沾有污秽不堪的手。

蓝色的钢笔字体已经浅淡，那一笔一画蝇头小楷浸染在黄色易碎的纸张里，呈现在我的眼前，剧烈跳动。我的脑子里再次出现一幅黑白画面，生动而活泼，那是罗叔叔炒菜做饭时的身影，是他扒在我家屋门外偷听收音机的模样，也是他拎鱼敲门强行挤进我家的情形……在日记的后半部分，有半页搬家的描述：

……今年春早，室外树叶婆娑扶疏。调离东北，是我个人急迫需要，也是组织的需要，我必须抓紧实施，离开这个单位。正如一张白纸能画出最新最美的图画来，去一个陌生的地方，一切重新开始吧，做个堂堂正正的人……

后来，我父亲知道了我母亲与罗叔叔之间发生的事，他觉得有必要跟罗志贤把话说开，只有话说开了，我们家和罗叔叔家关系才如同从前。但罗叔叔始终躲避着我母亲，而且匆忙调走,一直没给我母亲说话的机会。这样一来,我父亲觉得更有必要把话说开。那时,常有些人带着套近乎的心理前去南京拜访罗叔叔。这些人中,大多是东北的老同事,也有来自全国四面八方的人。对于那些人,罗叔叔没有全部拒绝,他会有选择地与那些风尘仆仆远道而来的老同事见上一面。每次接见他们,罗叔叔说话都小心翼翼,显得有些矜持,生怕哪句话出现什么纰漏,伤害自己,也伤害他人。更重要的是,他像爱护羽毛一样爱护自己的形象,与人说话,总是不停地检查自己的西装前襟或衣袖,只要上面有一点不洁之物,他都要认真地择掉。每当有人不知好歹想与他回忆往事,罗叔叔立马沉下脸来,长时间不语,或顾左右而言他,眼神里全是含混、迷离,魂儿也飞走了,飞到不为人所知的世界。

这期间,我父亲获得了一个去南方出差的机会,那是一个大夏天,他利用星期天绕道赶往南京,去拜访罗叔叔,或者是想跟罗叔叔把话说开。那时打电话很不方便,我父亲一路打听着摸到罗叔叔家,是罗婶开的房门,她见到我父亲,大呼小叫把他拉进屋里。罗婶告诉我父亲,罗叔叔刚出门,没说出门干什么。我父亲坐在他家的沙发上等,左等右等,也不见罗叔叔回来。这时,我父亲完全可以跟罗婶把话说开,让彼此不必心存芥蒂,可是我父亲觉得这事太小,怕在罗婶跟前越涂越黑,反倒解释不明白,所以我父亲一直没张开这个嘴。这时已到了中午吃饭时间,罗婶扔下我父亲去厨房做饭。我父亲是个屁股很沉的人,也有点死心眼,他非要等罗叔叔回来,说出心里计划好的那些话。我父亲就这么留下来吃饭了,他想边吃饭边等,等饭吃完了,罗叔叔还没回来。我父亲坐在沙发上,难受地抬手嘎吱嘎吱挠起头皮，内心的矛盾、煎熬由此可想而知。我父亲觉得再这样耗着，连自己都说不过去了，他不得不遗憾地离开，那些憋在肚子里的话最终没有说出来。

七

罗强坦诚地透露，其实那天罗叔叔并没有出门，而是坐在书房里看书，听到门口罗婶大呼小叫，知道是谁来了，他赶紧起身钻进身后的大衣柜里。他以为我父亲见不到他会很快走掉，想不到我父亲在他家里不仅长时间喝了茶，还留下来吃了饭，害得罗叔叔在大衣柜里整整蹲了两个多小时。要知道，那是个大热天，大衣柜里闷得密不透风，罗叔叔就那么狠心咬牙蹲在大衣柜里，一声不吭。等我父亲离开，罗婶打开大衣柜的门，看见浑身大汗淋漓的罗叔叔已经不会动了，罗婶强拉硬拽费了好大的劲儿，才把罗叔叔从大衣柜里弄出来。他缓过来的第一句话竟问："他走了吗？"

罗强说他准备将罗叔叔的日记整理出来，完成一段回忆录，所以他与我这次见面很重要。我努力合上日记本厚厚的纸页，心情复杂得半天无语。罗强起身去室外吸起烟，隔着厚厚的茶色玻璃窗，我看见罗强点烟的动作很是特别。究竟特别在哪里？我恍然发现，他也是左撇子，他的动作竟与当年的罗叔叔如出一辙，又在某些地方与他的父亲有着脱胎换骨般的差异。

吸过了一支烟，罗强重新坐到我对面。他说他父亲死得很蹊跷，本来父亲在床上躺了半年，人轻得像一张纸片，有一天却非要从床上坐起来不可。他让罗强把他移动到床下的椅子上，他坐在上面，脸不自觉地朝向了东北方向。罗强几次帮他矫正坐姿，可他的脸还是转向了东北。罗叔叔就以这种姿势在椅子上咽下最后一口气，他从椅子上滑落的方向也是东北……

罗强提出要去看看筒子楼。

我说："那楼早就拆掉了。"

罗强说："我看看那个原址也好。"

我说："那你更不必动身。"

他问："为什么？"

我说："就在你的脚下。"

我还对罗强讲，当年拆掉筒子楼时，发现地下有一个密室，据我母亲讲，我父亲和罗叔叔曾在密室里一举攻克两大科研项目。罗强怔怔地看着我，满眼全是惊奇、惊讶，还有些难以置信。他慢慢站起身，再次走出室外，眯着眼仰头冲着四周的楼群，冲着天空眺望、眺望着，恍惚间，他那一双晃动的大眼睛竟然潮湿了，从里面默默滑落出两滴清泪。

原载《中国作家》2022年第5期
《小说选刊》2022年第7期转载
《海外文摘》2022年第8期转载
入选《2022年短篇小说年选》
孟繁华编选，山东文艺出版社出版
入选《中国好小说——2022中国年度优秀短篇小说选》
《小说选刊》选编，中国书籍出版社出版

二十多天

一

顾晓燕第一眼看见女人,就大吃一惊!怎么会这样?太像了,太像了!她有些晕眩,有些呼吸不畅,感觉母亲在这一刻复活了。公交车慢悠悠行驶,车厢里挤成了一锅粥,她垂下眼睑,看向女人。女人头发花白,额头布满了细密的皱纹,顾晓燕越看,越觉得眼前的女人像母亲,连女人抬手捋起鬓角碎发的动作都像。

车厢摇摇晃晃,顾晓燕伸手提了提肩头将要滑落的坤包带,另一只手死死握住头顶横杆把手,将目光探出窗外。车窗打开着,风横行霸道地闯了进来,街上偶尔响起的鸣笛,毫不客气地撕扯起她脆弱的神经。女人面无表情地坐着,一只白帆布兜子撂在小腹前,死死攥在手里。顾晓燕的衣襟无意间扫到女人脸上,女人也偏了一下头,躲闪开了,没有过多的反感。顾晓燕得寸进尺了,她借助公交车的惯性,身体再次撞向女人,女人还是无动于衷。顾晓燕心想,这女人怎么这么木,对自己的挑衅只知道一味躲避，她怎么就不抬起头看看，哪怕心怀不满瞪自己一眼也好。

女人明显比顾晓燕早几站上车，提前捞取了这座位。顾晓燕还想，要是自己坐在这座位上该有多好，女人恰巧站在她身旁，这样她就有理由起身给女人让座，在彼此的客套声中俩人搭上话了，这时女人定会发出惊呼："你太像我女儿了，怎么这么像！"顾晓燕判断，女人如果结婚生子，一定有个女儿，与她长得一模一样的女儿，有其母，必有其女。

公交车走走停停，驶过了一站又一站，没人注意到顾晓燕眼中的泪花，没人注意顾晓燕内心的激荡，一切恍如平常。女人可能要去很远的地方，没有一点要下车的意思，拥挤的人群不知什么时候散开了，顾晓燕发现自己的身子还紧贴着女人。旁边有人提醒："你身后有个空座位。"顾晓燕回头看看，谢过人家，表示不愿意坐下。再贴近女人有些过分，她身体向后挪了挪，跟女人拉开一段距离，将目光再次伸出了窗外。公交车驶入了陌生的区域，顾晓燕辨识着窗外的楼宇、街道、门市房，还是陌生。她早已错过了下车站点，只能继续乘车，继续守候着女人，就像守候突然降临的母亲，不愿离开，一分一秒都不愿离开。

二

母亲去世半年了，这半年里顾晓燕的心像没有了着落，母亲也迟迟不肯托梦过来。顾晓燕知道，这不是自己无情无义，她还没有接受母亲离世的事实。

母亲是个健壮的女人，说话大嗓门儿，做事风风火火，这样的人，突然有一天病倒了，得的是脑血栓，半个身子不好使，说话吐字不清。有那么一段时间，顾晓燕试图用笔和纸跟母亲交流，可母亲手握碳素笔，长时间停留在纸上，目光呆滞，一个字也写不出来。那些字，随着母亲语言功能的丧失，也从她的记忆中消失了。得病后的母亲，脾气开始暴躁，摔东西，打人，有时会无缘无故大哭大笑，也许并非无缘无故，只是顾晓燕不能理解母亲更多的心理表达。后来，母亲病情愈发加重，彻底倒在了床上，她必须给母亲找一个保姆。可自从家里有了保姆，很多东西不是那个没有了，就是这个找不到。为及时掌握家里的情况，顾晓燕在母亲的卧室安装了监控，只要有时间，她便打开手机，看母亲如何睡觉，如何吃东西，如何去卫生间……她还时常看见保姆倒在沙发上腻腻歪歪玩手机、吃水果。保姆不可能一刻不停地干活儿，适当休息是应该的，顾晓燕很理解，但她不能理解的是，再打开手机，看见倒在床上的母亲睡醒了，不停地挣扎，可能想喝水或有内急，保姆还在玩手机，对母亲的诉求视而不见。顾晓燕忍无可忍，突然冲着手机屏幕大喊大叫，让保姆看看母亲到底是怎么回事。

保姆知道家里安装了监控，每天开始勤快，干什么活儿都站在监控底下，故意让顾晓燕看见。顾晓燕不再看监控，那些日子她工作实在忙，没时间看。等她抽闲打开手机，发现监控镜头模糊，什么东西都看不清，她赶紧乘出租车回家，打开房门，看见保姆坐在客厅里，手指夹着一根细杆烟，跷起二郎腿，桌上摆放着一杯咖啡。顾晓燕给母亲买的罐装奶粉，开着盖，没能及时盖上。保姆见到顾晓燕,尴尬得不行,赶紧站起身,又转脸数落起母亲一堆不是,抱怨自己多么多么难,太累了太累了,这活儿真不是人干的。顾晓燕不听她的,她直奔母亲的卧室,仰头看向监控镜头,发现那上面遮盖着一张白纸。顾晓燕对保姆说:"你收拾东西,准备走吧!"保姆说:"我的工资怎么算?"顾晓燕说:"我一分不会少你。"保姆出门了,打开房门的一瞬间,顺手抄起门口台面上一只保温杯,狠狠塞进自己兜里。顾晓燕手疾眼快,一把拧住保姆的手,奋力将保温杯夺下。

那真是个苦不堪言的日子。再后来,顾晓燕又找来一位保姆,新来的保姆虽然有这样那样毛病,但手脚还算利索,对母亲照顾也算说得过去。在母亲躺在床上这两年多时间里,顾晓燕早已累得筋疲力尽,有时她感到自己快要支撑不住,脑子里竟会生出恶毒的想法,母亲与其这样活受罪,不如早早咽了那口气,早早获得解脱。

母亲是因为一场感冒撒手人寰的,看着母亲咽下最后那口气,顾晓燕有一种如释重负的感觉,她没有当场哭泣,她非常冷静地处理了母亲的丧事。一切都结束了,她和母亲都解脱了。人们常说久病床前无孝子,顾晓燕告慰自己说:"我已经尽力了,如果母亲不离世,自己就有可能倒下。"她年轻,还有很多事要做,她不想倒下。母亲离开的这半年,每当心里空落的时候,她总会怀念起那些忙碌的日子,想着有些事哪里做得不够完美,哪里再用点儿心会做得更好。她想母亲了,她沉浸在丧母的悲恸中,无法自拔。

眼前的女人,只能是像,不可能是母亲。从面相上看,起码要比母亲小十多岁。顾晓燕看着她，看出亲切来，有一股肝肠寸断的情感涌动在内心。是母亲的魂儿追随着自己的身体，来到这辆公交车，附在这女人身上，让顾晓燕真切看见母亲活着时的模样吗？说不好。

公交车在终点站停下来，顾晓燕不得不下车了。她走向车门，向身后瞥了一眼，女人也离开座位，跟在顾晓燕往车门跟前走，根本不知道顾晓燕这一路对自己的注视，更不知道顾晓燕内心经历了怎样的激荡，她平静地下车了。顾晓燕停留在站台上，悄悄打量着女人，女人行走是有目标的，她奔向不远处一片新楼群，可能为了赶时间，女人加紧着脚步，越走越快，手拎的那个白帆布兜子在手中大幅度甩动。这显然是她自己缝制的兜子，上面密密麻麻的蓝线与白帆布的颜色很不匹配，看上去反倒别出心裁。现在这种白帆布兜子满大街流行，成为时尚的标志，看得出，女人不是为了时尚，她只是碰巧与时尚撞上了。

顾晓燕对女人好奇，也就有闲心也有兴趣跟踪起女人。街上人流稀少，车流也少，四周空旷，道路两旁修缮完好的绿化带新栽植上了树木，每一棵树都用四根木杆四平八稳地支撑着。也许远离市中心，空气中到处充斥着绿色植物的味道。女人没有察觉到顾晓燕，她绝不会想到后面跟着 个人，这个人在公交车厢里紧挨着自己守候了好久，一直守候到终点，她们一起下了车。

女人走向的那片新楼群，临近马路的一楼全变成了各类门市店——超市、美发厅、洗衣房、酒店、肉串店、宠物托养店。天要黑了，没黑透，店面们提前亮起了灯光，花花绿绿，扑朔迷离，又安静无比。一家烤肉串店门前的露天场地，摆放了一张张空桌子和靠背塑料椅，静默的餐具也正严阵以待迎候客人的到来。女人熟门熟路走进了这家肉串店，顾晓燕停下脚步犹豫了一下，最终还是走进店内。

凉爽的空调瞬间收紧了她的身子，她发现女人没有了，肉串店里根本没有女人的影子。

三

母亲生前跟顾晓燕关系并不好，甚至有点紧张，主要是母亲太强势，凡事必要个好。母亲退休前是一所中学的语文老师，顾晓燕上初中就在母亲所带的班级里，整天神经紧绷。那段时间，母亲也始终表情刻板，似乎从来没有对她笑过。顾晓燕知道母亲是会笑的，母亲对她的同事笑过，对班上的同学笑过，大嗓门儿笑得嘎嘎响，可就是没有单独对顾晓燕笑过。有一次，班里一位男生病了，可能发烧，母亲伸手摸那男生额头，测试起体温，可能怕把握不准，又用嘴唇贴向那男生的额头，然后揉搓那男生的脑袋，笑吟吟地说："没事，问题不大。"那一刻，顾晓燕嫉妒极了，母亲为什么那么偏爱那个男生，居然用嘴"亲"了他脑门儿，脏不脏啊！

顾晓燕高中毕业没有考上理想的大学，这让母亲在同事当中抬不起头、丢尽了脸面。母亲是个桃李满天下的人，她教过的学生，后来考上北大、清华、北师大的不下几十个。母亲常把她的学生挂在嘴边，历数他们如何优秀。那些学生在她手里的时候，还只是一只只小麻雀，如今已长成了大雁，有的大如金鹏，能展翅飞翔万里，飞得她都看不着边儿了。母亲沾沾自喜着，自我陶醉着，好像这么多年，那些学生从来没有离开过她。

在顾晓燕的意识里，母亲全部精力投入工作中，多半是家庭生活经不起深究和推敲。从她记事起，父母就分居，起先顾晓燕和母亲睡在一个屋，一张床上，当她稍稍长大，长成了少女，母亲毅然把她赶出了自己的屋子。幸亏那时家里已是三居室，一家三口人各住一个房间，母亲说，只有自己一个房间，睡觉才能踏实。母亲神经衰弱得厉害，听不得屋里有半点动静，更听不得有人在她身边打呼噜、翻身，所以母亲必须把顾晓燕赶出屋。顾晓燕觉得，父母分居绝不像母亲说的那么简单，里面肯定有更深层次的原因，只是不便说罢了。父亲也是知识分子，很要脸面，他从不因一些事跟母亲吵闹，几十年如一日。有时，顾晓燕真希望他们吵一架，他们吵架肯定是她最开心的事。顾晓燕时常看见左邻右舍两口子吵，吵完了好，好完了吵，日子就在吵架中循环往复，乐在其中。父母不吵不闹，家里的日子就过得枯燥、干瘪、死气沉沉，可他们都习惯了这种生活。

顾晓燕不知道父母出了什么问题，而母亲从不把这些问题放在心上，她的心全放在了单位里，放在了同事们身上，无论哪位同事有事，她都想办法出面帮助解决，热心得有些过火。顾晓燕清晰记得她小时候，家里来了母亲单位的同事，那同事教数学，他领着孩子求母亲补习语文。为迎接那位同事的到来，母亲提前一天发酵了一盆面，包起了糖三角。糖三角里面的糖馅用的是炒熟的芝麻和花生碎，母亲一边把包好的糖三角放进

锅里,一边教同事的孩子背诗:

> 春江潮水连海平,海上明月共潮生。
> 滟滟随波千万里,何处春江无月明。
> ……

过了二十分钟,母亲去厨房关掉灶火,掀开热气腾腾的锅盖,捡出一个个糖三角,摆放在一个大盘子里,给同事的孩子吃,给同事吃,顺便也给顾晓燕吃。那时家里做一次面食费时耗力,母亲用心蒸了一锅糖三角,说明她对同事的到来多么看重。补习结束,那同事刚要出门,母亲说:"等等!"转身跑到厨房,拿来五六个糖三角,装进一个塑料袋里,强硬地塞给人家。母亲的大方,顾晓燕难以接受。晚上,父亲下班回来,一家人在一起吃饭,那一锅糖三角只剩下最后一个了,顾晓燕生气地问:"为什么叔叔走时,你给他拿了那么多?"父亲是个敏感、多疑的人,他问母亲:"什么叔叔?"母亲把同事领孩子来家里补习的事说了,说得父亲脸一赤一白,他啪地放下筷子,躲进自己的屋里看起书,不再走出屋门。母亲反过来跟顾晓燕生气,她认为顾晓燕这是无事生非,无中生有,故意挑拨她跟父亲的关系。母亲说:"我和你爸的事,全坏在你这张嘴上,你这孩子,你这孩子,我说你什么好呢!"

母亲和父亲关系缓和下来,是到了晚年。父亲得了不治之症,医院床位紧张,无法入住,顾晓燕又看到了母亲的强大,母亲在医院里不知怎么找出她以前教过的学生,求人家在走廊里摆下临时病床。母亲每天陪父亲输液,给父亲端屎端尿,尽到了一个妻子应尽的责任,但这些付出为时已晚,父亲躺在医院里一天不如一天,病情恶化,输液也只是一个心理安慰。在父亲弥留之际,母亲一只手紧紧握住父亲的一只手,另一只手摸向父亲的脸颊,眼含泪水吟出一句诗:"今朝此为别,何处还相遇?"

每当想起那次与父亲的分别,顾晓燕内心都有一种说不出的滋味,好在时间早已淡化了情感,模糊了她的记忆,她感觉父亲离开好久好久,她不怎么想他了,她想的是母亲,母亲会时不时从她心里冒出来。

四

串店里没有一名顾客。一个满脸涂了褐色面膜的中年妇女冷不丁仰起头,吓了顾晓燕一跳。面膜女正和另一个中年妇女围着一张餐桌穿肉串,旁边摆着两只大铁盆,一只铁盆装着切碎的肥肉,另一只铁盆盛满了瘦肉,穿在铁扦上的肉串码放在一只铁帘上,红乎乎堆积成一个小山。面膜女起身打起了招呼:"请问您是几位?"

顾晓燕没有回答,她反问:"刚才进来那个人呢?"

面膜女说:"去后屋换衣服去了,您找她?"

顾晓燕说:"也不是,给我烤十个肉串吧。"找了一张餐桌坐下来。

面膜女说:"还吃点什么?"

顾晓燕想了想,说:"改成二十个串,别的不要。"

面膜女下了单，顾晓燕静静坐在那里，她不知道自己为什么坐下来，还点了肉串。平时她不喜欢吃这东西，嫌垃圾食品，对皮肤不好。今天破例了，为了那女人。等一会儿见到女人，说些什么呢？没想好，到时候随机应变吧，随便说些什么都行。

女人换上与店里那两个妇女同样的衣装，从后屋走出来，面膜女喊："哎，有人找你。"

女人一愣，问："找我？"

面膜女朝顾晓燕扬了扬下巴。

女人奔向顾晓燕，来回打量，欲言又止。

顾晓燕站起身，说："没事儿，我就想吃肉串。"

女人松了一口气，说："怪不得我不认识你，没关系，来了都是客，往后咱们认识了。"

顾晓燕说："我认识你，刚才我们同乘一辆公交车。"

女人惊讶了，说："是吗？"她显然对顾晓燕没印象。

面膜女端着铁盘子走过来，肉串很快烤好了。

顾晓燕对女人说："咱俩一起吃吧。"

女人说："我们这里有规定，不能跟客人一起吃饭。"

顾晓燕说："可以破例。"

女人说："真破不了，你还喜欢吃什么，我再给你做。"

顾晓燕忽然来了灵感，她问："能做鸡蛋糕吗？"

女人一笑，说："你真是问对人了，我蒸鸡蛋糕最拿手，这里的回头客儿，很多都冲着我这鸡蛋糕来的。"

这回轮到顾晓燕惊讶了。母亲生病之前，也最会做鸡蛋糕。母亲知道她爱吃，就隔三岔五做一次。有那么一些日子，顾晓吃得太多了，倒了胃口，她对母亲说："能不能换点别的？"母亲说："我以为你愿意吃，才做的。"顾晓燕说："什么好东西，总吃也受不了啊。"母亲生气了，她认为顾晓燕不懂事，故意找别扭！从那之后，母亲再也没有做过鸡蛋糕，直到病倒在床上。顾晓燕有多长时间没吃鸡蛋糕了？不记得，至少有三四年。后来她自己尝试做过几次，想做出像母亲做的那种鸡蛋糕，可每次，蒸出来的鸡蛋糕不是太软，就是太硬，没有一次叫她可心过。女人居然会蒸鸡蛋糕，太出乎顾晓燕意料，她为什么连做鸡蛋糕这事上，都跟母亲一样呢？

也就十几分钟，女人端来了蒸好的鸡蛋糕，轻轻放在顾晓燕跟前，面带羞涩地问："你尝尝咋样？"

顾晓燕拿起小勺伸向碗里，舀出一勺，鸡蛋糕颤颤巍巍，不软也不硬，放进嘴里，嗯，味道好极了，比母亲做的还好。她又舀出一勺，噙在嘴边说："不错不错，确实好吃。"

女人要离开，顾晓燕赶紧问："你是本地人吗？"

女人不好意思了，说："不是，我从外地来，住我闺女家。"

顾晓燕问："闺女嫁到这里来了？"

女人说："她嫁来七八年了，我帮她带了六七年孩子，现在这年轻人，净拿我们这帮人当老妈子使唤，我必须出来找点事做，谁都不指望。"

顾晓燕问："在这店里工作多长时间了？"

女人说："头年才来。"

顾晓燕问："一个月开多少工资？"

女人又不好意思了，说："两千多。"反问道，"你打听这些，不会是搞什么调查吧？其实钱多少无所谓，主要我想出来有事可做。"

顾晓燕说："不是的,我只是随便问问,怎么称呼你?"

女人说："我姓王,你叫我桂兰好了。"

顾晓燕说："桂兰阿姨,你不觉得我们有眼缘吗?"

女人说："有,有,咋个没有。阿姨也想多问你一句,咋一个人出来?不管有什么事都要想开,千万不能钻牛角尖啊,听我一句劝,哪怕失恋了,哪怕跟老公吵架了,都无所谓,假如家里死猫死狗了,更无所谓,伤心难过也就一时的事,过了这个坎儿,都没事了,人没有迈不过去的坎儿。"

顾晓燕眼泪在眼圈里打着转儿,她说："桂兰阿姨,你不觉得咱俩除了有眼缘,长得还有点像吗?"

女人说："我咋敢高攀,闺女你年轻,比我俊多了。"

顾晓燕说："我有个请求。"

女人说："只要你不憋屈,心里敞亮了,说吧。"

顾晓燕说："你辞掉这工作,到我家里。"

女人沉下脸色说："我已经在这里干顺手了,哪儿都不想去。"

顾晓燕说："我给你加倍的工资。"

女人说："这不是钱的事。"

顾晓燕说："你一定答应我。"

女人说："我得回家跟我闺女商量商量。"

五

"闺女,这哪是我陪你,成了你陪我。你这不让我干,那不让我干，我待着实在难受，我天生就是干活的命。"

自从女人来到家里，顾晓燕屋子里的确发生了变化，几天前她随意乱放的物品，被整理了，摆在一个固定的位置。厨房烧水壶、大勺、蒸锅，全用去污粉擦拭过，显露出金属的光泽。灶台也擦得一尘不染，每次做完饭，那上面都被收拾得利利索索。家里的窗帘也洗了，窗玻璃也亮了，女人真是闲不住，每天不停地找活干。顾晓燕看见女人擦玻璃时，将半个身子伸出窗外，一只手攥住窗框，另一只手在窗外忙活，吓得她腿发软，赶紧喊："不擦了，不擦了，差不多就行了。"顾晓燕家住二十层高楼，女人一点不恐高，面对顾晓燕劝阻，像没听见，依然我行我素。

顾晓燕说："桂兰阿姨，我请你来，不是让你帮我干活儿。"

女人笑吟吟地说："这算啥活儿，我在我闺女家干得比这多。"

顾晓燕搬出母亲生前的相册给女人看，不为了别的，她希望她们之间有这样的相处，温馨、安宁、不被生活所累。她翻开母亲的童年、少女、青年、工作时的照片，把一件件往事讲给女人。相册里最多的是母亲与某某届毕业班合影，跟单位同事的合影，某某支教留念，某某退休留念，还有母亲站在讲台上参加某学术活动。有一张照片特别搞笑，父母腰板笔直坐在两只板凳上，中间站着童年顾晓燕，一家人表情呆板，个个都像木头人。还有一张照片，顾晓燕颇有些意外，这么多年她好像头一次看见：母亲抱着她，与她脸贴着脸，那应该是个春季，她们身后是一棵开满粉红色花朵的桃树，母亲的头发被风撩起，她目视远方，进入无边的遐想。顾晓燕从相册里抽出照片，擎在手上，不相信这是母亲抱着她照的。在顾晓燕的记忆中，母亲从来没有抱过自己，更没有跟她脸贴脸亲近过。母亲在她面前永远是严肃、不近人情的，顾晓燕在母亲跟前更是性格坚硬、表情刻板。

顾晓燕说："你不觉得你和我妈有点儿像吗？"

女人说："我咋能跟你妈相比，你妈是老师，气质好，有文化，我一个大老粗，根本不能比。"

顾晓燕说："可我觉得还是像。平时你在家帮我养养花，出门和邻居大妈们聊聊天，就更像了。"

女人说："那我可真是闲出花了！"

顾晓燕从网上给女人买了件真丝连衣裙。她已经目测了女人衣着的尺码，下单时，没把买连衣裙的事透露给女人，她要给女人一份惊喜。顾晓燕做这事的时候是用心的，就像为母亲挑选珍贵的衣装，把真诚的爱转移到了女人身上。

三天后，快递来了。打开包裹，连衣裙抖搂出来，顾晓燕跑到女人跟前，将连衣裙搭在她身上，看颜色是不是跟女人的肤色搭配，看肥瘦、长短是不是符合女人的身材。

顾晓燕说："穿在身上试试吧！"

女人说："这东西太贵了！"

顾晓燕说："我特意给你买的，网上的东西不贵，穿在谁身上就是谁的，请接受我这一点儿心意。"

女人说："闺女，你为啥要对我这么好？"

顾晓燕心沉了一下，她无法回答这个问题，就反问自己，这算是对女人好吗？

女人说："我理解你的意思，这连衣裙我收下了，我在家穿给你看。"

顾晓燕计划领女人进行一次旅游，去长白山看天池。她在公司的年假早已攒足，随时可以出行。母亲生前最大的愿望是去一次长白山，站在天池边喊两嗓子，可母亲直到病倒也没能去成。以前顾晓燕根本没有想过陪母亲出门旅游，她始终认为，上了岁数的人应该老老实实守在家里，干吗整天东游西逛到处乱跑？有一次，母亲偷偷报名参加一个叫"夕阳红"的旅游团，正当她在家收拾携带的物品时，被顾晓燕发现了，她上前极力阻止了母亲，即便交了费用也不能去。旅游不是什么人都可以的，车上颠簸，山高路险，出了危险怎么办？母亲是个惜命的人，不仅害怕出行事故，平时她还把手里的大量退休金投入到养生保健上，参加各种长寿培训班，买磁疗仪，买稀奇古怪的药品。母亲在这方面花钱从不眨眼，几万、几十万块钱打了水漂，也不吸取教训，只要听说有新产品让她身不疼、腰不酸、腿不软，能让她长命百岁，她就不惜一切代价买回家里，顾晓燕也总是时不时对母亲行为进行围追堵截，包括那次要去长白山旅游。后来，母亲病倒在床上，再也无法实现她的诸多梦想，人才彻底消停。每当想起这些，顾晓燕都觉得愧对母亲，她不知道自己为什么对母亲那么苛刻。母亲年龄大了，已成了弱者，面对顾晓燕的强势，拗不过的，只能选择听从。细细想想，出去旅游有那么可怕吗？既然叫"夕阳红"旅游团，肯定有针对老年人的保护措施，顾晓燕独断专行，说白了，她是在利用关心的名义，对母亲实施有力的报复。她是冷血的、自私的，她对母亲对她的亏欠总是夸大其词，而从没想过母亲对她的好。

六

顾晓燕为此次出行设计两套方案：一是找朋友开车自驾游，这样比较自由，走到哪儿算哪儿，路上有什么好看的地方，随时停下来；第二个方案是参加旅游团，这样出行的所有路线被旅行社规划好了，人家领你去哪儿就去哪儿，住宿、门票都不用操心，尽管放松心情。母亲生前是打算参加"夕阳红"旅游团的，她领女人出行也是完成母亲那次心愿，所以必须按母亲最初计划行事，参加旅游团。

出行头一天，顾晓燕去超市买了香蕉、苹果，还买了面包和矿泉水，她把这些东西统统装进背包里，又带上两把雨伞、两件长袖衣服。山上冷，必须加厚穿戴，她给自己找了件羊绒衫，也给女人准备了一件。

一切准备就绪。这是夏季七月，正是长白山旅游的最佳时节。她们准备五点起床，去人民广场集合，乘坐大巴。这天早晨，女人四点钟就醒了，在屋里弄出挺大动静，洗漱、擦脸、拖地，脸上不知涂了什么牌子的化妆品，弄得满屋子都是古怪的气味。母亲生前脸上从不随便涂抹这些东西，即便有重要场合，也施以淡妆。母亲生活是精致的、讲究的，她浑身上下不会有刻意打扮的痕迹，可骨子里的精致又无处不在。另外，母亲不管有多么重要的事，从不起早，她要保持早晨那一段良好的睡眠。顾晓燕一直认为，母亲姣好的面容，跟她睡眠充足有关。而女人不懂这些。

顾晓燕和女人并排坐在车座位上,她发现女人这次出门,好歹没带她那只白帆布兜子,不仅这次,自从女人踏进她家门,顾晓燕就没注意到她那只白帆布兜子。她似乎早已忘记了女人曾有一个死死攥在手里的白帆布兜子。

顾晓燕一直像照顾母亲一样照顾着女人,尽管这天早晨发现女人一点不像母亲,可她对女人还是尽心尽力的。打发旅游寂寞的最好方式是吃零食,顾晓燕从背包里拿出两只香蕉和两个苹果,分给女人各一个,又找出事先准备好的垃圾袋,将香蕉皮和苹果皮放进去。女人看见顾晓燕手里攥着垃圾袋,伸手拽过去,揽在自己怀里,好像这垃圾只能归她保管。中途,大巴进入一个服务区,乘客下车去卫生间,伸懒腰,上超市买食品。顾晓燕和女人一前一后走下车,女人手里攥着垃圾袋,看到一棵树下有一包垃圾,随手将垃圾袋扔到那包垃圾跟前。顾晓燕脸腾地红了,她感觉后面有无数双眼睛看女人、看自己,那袋垃圾好像成了所有人心中的问号或感叹号。女人习惯真不好,她又不知道不好,顾晓燕硬着头皮走过去,蹲下身拾起垃圾袋,连同原来那包垃圾一块儿拾起来,奔向远处的垃圾箱。女人在一旁喊:"扔掉的东西,再捡起来,多脏!"

顾晓燕脚步急急往前走,她什么话都没说,没法说。回到车里,她们同样并排坐在一起,顾晓燕仍是什么话都没说,她想这事会淡化,最终忘记。

晚上,大巴到达长白山下的二道白河,乘客们先入住宾馆,准备第二天早晨上山。大家兴奋着,猜测明天上山能不能看到天池。天池是神秘的,变幻莫测的,有时明明在山下看着晴空万里,到了山上又大雾弥漫,什么也看不见;有时呢,在山下看着天阴着,到了山顶,又一派风和日丽,偌大的天池气势恢宏,静静的水面透出一种特殊的蓝色,那是除了天池,在任何地方也见不到的蓝。

乘客们陆续进入宾馆大堂,陌生人之间开始搭话了,有人问:"你们是娘儿俩?"

顾晓燕微笑着回答:"是的,是的,难道不像吗?"

"像,像,能带妈妈出来旅游,你真是个好闺女。"

娘儿俩自然被安排在一个房间,旅游的最大好处是,能把人和人的关系迅速拉近,亲密起来。平时在家,顾晓燕和女人分别住在两个房间,怎么说也有一种距离,这下好了,不管屋里空间多大,她们都要睡在一起。顾晓燕冲过澡,躺在床上翻看手机,想着第二天还要起早登山去看天池,心里颇有些激动,她想早点入睡,便放下手机,闭上眼睛,等待睡意来临。可这天晚上,她左等右等,就是睡不着。女人那边掀被子、翻身、叹气,她听得清清楚楚。女人可能还在为白天乱扔垃圾的事闹心,真是对不起了。顾晓燕发现自己失眠,是心里不踏实,她像母亲一样,容不得与别人同睡一个房间。好在顾晓燕没有瞪着眼睛熬到天亮,下半夜,她不知什么时候稀里糊涂睡着了,睡梦中,她听到了磨牙声、放屁声、打嗝声、梦话声、呼噜声、喝水声、去卫生间声,女人夜间毛病太多了,顾晓燕又感觉自己一宿没睡,她时刻小心着下一种声音突然响起。

第二天起床,女人对自己制造的各种动静毫无愧疚,反倒对顾晓燕说:"你睡眠真好,还打起了呼噜,可能折腾一天累着了。"

顾晓燕只能报以一笑,洗漱的时候,她脑袋昏沉,走路发飘，不管怎样，她还是硬支撑着身子下楼，草草吃过早餐，回屋拿来那两件羊绒衫，自己穿上一件，另一件给女人穿上，然后乘车，钻过山门，上山了。

山上冷，还有雾，人们低头看路，抬头看雾，回头一看，模模糊糊全是大棉袄和塑料布。顾晓燕买了两件塑料衣，跟女人一人一件披在身上，雾气在眼前一团团飘飞、滚动、撕扯，那丝丝缕缕的雾很快把她的头发濡湿，贴在头皮上。不仅如此，这里能见度也低，走路时，连脚下的火山岩台阶都探不准。顾晓燕真担心今天乘兴而来，败兴而归，什么都看不见的。她和一群人站在一起，站在天池边上，静静地等待，等待着，不知过了多长时间，雾终于有了变化，天池碧水悄然露出一角，有人发出惊叹，人们就一齐看过去，可好景总是不长，没等一看究竟，雾又悄然合拢，那一角荟蓊的碧水也隐退下去，紧跟着，天池里好像有一股神秘而强大的力量，奋力将眼前的浓雾撕开一个大口子，半个天池水面出现，大半个天池水面出现了，接着，整个天池终于以它特有的容姿袒露出来，碧水、雾气、怪石……顾晓燕有些眼花缭乱，有些晕，她发现扮演母亲角色的女人不见了，她们可是一直走在一起的，就在大雾最浓重的时候，还在一起，转眼间，女人怎么不见了？顾晓燕观察着周围人流，前前后后、左左右右都没有女人。

碰到一位同车游客，她奔过去问："你看见我妈没有？"

"没有！"

"你看见我妈了吗？我妈走丢了。"越问，心里越没底，她的眼泪都快要急出来了。有人提醒："你打她手机。"顾晓燕跟女人在一起这么长时间，从没想过记下她的手机号，她没必要记。又有人提醒："找导游，导游那里有大家手机号。"顾晓燕知道导游不可能有女人手机号码，她填写所有表格里的联系方式，留的都是自己的手机号。这是她的失误，原来她对女人是忽略的。

半个小时过去了，顾晓燕寻找无望，她要崩溃了，她手攥着擦过泪水的纸巾，蹲在地上，没有了主意。有人又提供线索，说："在公共厕所门口，有个人好像是你妈。"顾晓燕抬头看向那人，猛地站起身，甩开腿奋力向公共厕所那边跑去。还没跑到跟前，她就远远地看见了女人。女人站在公共厕所门口人流中东张西望，还一副可怜无助的样子，顾晓燕冲上前去，一把抓住女人的胳膊，死死抓住，生怕她再次跑掉，然后埋怨道："你去厕所，怎么不告诉我一声？"

女人说："我根本没去厕所，我跟一群人走丢了，我以为那群人跟咱们是一伙的，走了好长时间，发现不是，我走丢了。"

七

从长白山回来，女人不再拿自己当外人，她真把自己当妈了。每天顾晓燕回到家门，女人都要唠叨："袜子怎么东扔一只，西扔一只，女孩子应该学会整洁。"再就是"这几天我看你饭量越来越少，是不是我做的饭菜不合你胃口？"甚至强调"应该找个男朋友了，你总不能单身一辈子，你妈看到你这样，她会心不安的，听我一句劝，抓紧时间找一个吧！"那些絮絮叨叨，听得顾晓燕不胜其烦，她想顶撞女人几句，话到嘴边又咽了回去。她实在不想跟女人发生冲突,更不想跟女人翻脸,女人放弃烧烤店工作,来到她这里,已经非常够意思,她怎么能随便跟人家翻脸呢!有时心烦难忍,顾晓燕就想,干脆辞掉她算了。

顾晓燕闹心着,煎熬着自己,又找不到出路。

是女人主动提出离开的。女人不笨,能看出眉眼高低,她知道自己跟顾晓燕的缘分已尽,只想着一别两宽。这天顾晓燕公司里的工作不是太累,就提前十分钟下班回家。一路上,她带着隐约不祥的预感,忐忑不安往家里走,到了家门口,打开房门,忽见女人像迎接她似的站在门口,身边立着拉杆箱,浑身上下打扮得利利索索。

顾晓燕问:"你这是要去哪儿?"

女人回答:"回烧烤店。"

顾晓燕说:"干吗要回去?"

女人说:"我布兜子放烧烤店的柜子里,我必须过去。晚饭我给你做好了,今晚我特意给你包了饺子,还蒸了一碗鸡蛋糕,一会儿你自己吃就行。"

顾晓燕说:"我不同意你走。"

女人说:"我在你这里已经住了二十多天了,不短了,我闺女说,二十多天你会好转起来。"女人无法控制地哽咽起来,她停顿一下,调整了情绪,说,"其实我也舍不得你,这么多天你对我的好,我全记得,你让我过上了一段对我来说无比幸福的日子!有个词怎么唱来着?爱我你就抱抱我,咱俩抱抱好吗?"

顾晓燕猛地上前抱住了女人,真真切切抱住了女人,她将头深深埋在女人的肩窝上,感受着女人那柔软花白的发丝,感受着女人身上温热的气息，她如同感受着母亲的体温，久久不愿分开。

女人说："嗯，不许哭，闺女，听我一句劝，找个对心思的人，早点把自己嫁了吧！"

女人走了。顾晓燕站在门口，没有远送，她不是不想送，而是腿软得实在抬不起来。

原载《作家》2023 年第 4 期

《小说选刊》2023 年第 5 期转载

父亲在天上

一

我二大爷举贵费尽力气地爬出洞穴，爬出来了，他似乎嗅到了人间气息。

在里面待多长时间了？不知道，也许数数眼前的石头就会知道，但他懒得数。我小弟举二强每天给他送来饭菜，都要捎带一块石头摆在洞口，有多少块石头就有多少个日夜，数不数有什么用呢？

挖开洞穴那会儿，我二大爷在三层小楼的家里住了有小半年，那么大的房屋，是我大哥举大光花钱盖的，他把盖好的小楼留给我二大爷和我小弟一家住，自己跑回城里住他的大别墅去了，说小楼是举家的一份投资，将来会升值。其实我们都知道，这是我大哥举大光的借口，他盖这小楼就是让我二大爷有个享福地儿，他还要让村里人都知道，他对我二大爷是多么孝顺。我大哥举大光不止一次说过，这二层小楼占据了村里最好的风水，背靠山，南临水，没谁了。

春天下起第一场雨的时候，小楼里发生了两件事情，先是我小弟媳妇淑芬怀上了三胎，接着我二大爷没完没了闹腾起他的两个儿子。这两件事风马牛不相及，可放到一块儿，足以把光鲜的小楼闹翻了天。我小弟媳妇怀三胎的事，全家人都高兴，没什么可说的，我二大爷闹腾他两个儿子，就有些丢人现眼了，原因是，半年前我大哥给我二大爷找了一个叫兰英的保姆，我二大爷却得寸进尺，跟保姆兰英搞在了一起，闹出了只有明星才能闹出的绯闻。我大哥气得不得了，赶紧从城里回村子。那天，村里的雨下得黏稠而细密，我二大爷躺在被窝里听着细雨声进行着午睡，忽然被外屋叮当声吵醒了，我二大爷抹了一把嘴角稀稠的口水，皱眉挤眼抬头看向窗外，只见我大哥噼里啪啦往外扔东西，都是保姆兰英用过的生活物品：一双筷子，一把梳子，一块香皂，一个包裹……

我二大爷马上明白了是怎么回事，他腾地从炕上挺起，胡乱穿上衣裤，冲出他的西屋，一场大战一触即发。

保姆兰英当时还站在外屋，她眼睁睁看着自己用过的、碰过的东西全被扔了出去，一副六神无主、大气都不敢出的样子。

我二大爷一只手提着来不及系上腰带的裤子，另一只手比比划划戳向我大哥的鼻尖，大骂道："你这狗东西，有完没完了？"上前死死抓住兰英袖口，说什么也不让她走，就是不让她走。

我小弟看傻眼了，不知怎么办才好。我二大爷看他那副熊样就气不打一处来，还二强呢，简直是个废物！这名字算白起了，整个人挺不起个儿。想当年我二大爷给他起这名时，不知费了多大的心思，八字都批了，命里缺啥少啥，全用字里的笔画补上。算卦先生还说，你家这个姓好，不管怎样都是"举"，向上、硬气，可我小弟徒有这个姓，更徒有"二强"这个虚名，遇到什么事不是躲就是缩，不带一点有出息的样儿。

我大哥走了，他离开村子连夜回到了城里；保姆兰英也走了，该去哪儿去哪儿。我小弟一家开启了照顾我二大爷的重任。早上，我小弟媳妇淑芬给我二大爷熬粥，煮鸡蛋，鸡蛋煮好了，再剥皮掰开，放进了粥碗里。中午呢，再做两个菜，一个叶菜，一个瓜片。到了晚上，劝我二大爷少吃，说晚饭吃多了，睡觉不舒服。我小弟媳妇淑芬真是可以，她对我二大爷照顾尽心尽力的，没的说，我二大爷心里还是不顺，整天骂骂咧咧，有事没事深更半夜往出跑，说是去找一团红光，说他自从在房后山坡上发现那一团红光，就被迷住了。我小弟看着我二大爷整天走火入魔似的，怀疑他精神出了问题，可我二大爷说话条理清晰，不像有什么问题。我二大爷深更半夜往出跑，还有一个重要原因，就是天一黑下来，他睡不着觉，腿抽筋，那滋味酸酸痒痒，直往心里钻。我二大爷说他只要溜下炕，在屋地上走上几圈，再蹦跳两下，那抽筋的腿就好了。我二大爷说起这事的时候，没人不相信这事不是真的。早年家里穷，两个儿子长到半大小子，像两头牛犊了，能吃能喝，不管吃啥东西，都填不饱两张肚皮。为了这两个儿子，我二大爷常在半夜里爬出被窝，顶着身上的热气，黑灯瞎火跑到外面，去河里摸鱼，去山上找野山参。十几年里，他跑遍了山里的沟沟坎坎，饿了啃一口苞米面大饼子，渴了趴在河沿喝口山里的水，天黑了，他就睡在草甸上、树洞里和石缝间，这腿不受潮落下毛病才怪。

二

我二大爷被腿抽筋折磨得痛苦不堪，就推门走到院子里，来来回回行走，有时会从房门后摸出一把铁锹，匆匆奔向房后的山坡。那时，夜色漆黑中的柞树、楸树、火炬树总是阒寂无声的，早已入眠的黄鼠狼、钻地鼠、夜鹰听到我二大爷的脚步声，全都扑棱棱起身逃窜。我二大爷端着铁锹，像端着壮胆的武器，小心翼翼寻找那一团红光。起初我二大爷发现那一团红光时，着实吓了一跳，他以为那是一团鬼火，可所有鬼火都跳跃在乱葬岗、秃山荒岭上，我二大爷家房后这山坡上从没埋过死人，没有一座坟，根本不可能有蹦蹦跳跳的鬼火。

寻找那一团红光成了我二大爷心中的一种寄托。他对红光的痴迷无疑掩盖了心中种种不快，据我二大爷讲，他在寻找中还发现了一个洞穴。那是个月黑风高的晚上，我二大爷正为意外发现多日不见的红光欣喜若狂，就追赶过去，一直追到一条干涸的水沟旁，忽然一脚踏空，在摔向沟底的那一瞬间，身子被一根树枝挡住了。我二大爷忍着疼痛挣扎翻转起身子，就看见他蹬踏过的沟壁浮土下面，露出一个神秘的洞穴。我二大爷在村子里生活了一辈子，上过无数次这山坡，来过无数次这条水沟里，他从没想过这里会有一个深藏不露的洞穴。

天上的星光照耀着沟沿一坨坨靰鞡草，照着簌簌发抖的树木枝叶，那一团红光就在这时像遁入虚空，转眼不见了。

我二大爷在沟底站稳脚跟，捡起地上的铁锹，面对忽然消失的红光，无比沮丧，他举锹胡乱朝那洞穴捅了几下，洞口大开，腐败的气息扑面而来。我二大爷对那个空洞好奇着，他不知道这洞穴里面到底有多深、多宽，是个废弃的古墓穴，还是天然形成的空洞。我二大爷再次举锹捅过去，然后伸头向里张望，我二大爷就感觉自己好像什么时候来过这里。

这天晚上，我二大爷做出一个大胆而又狂妄的举动，他两手支撑住洞口，挺身迈腿钻进洞穴。一阵凉爽侵袭着他的周身，腿一点也不抽筋了。我二大爷在洞穴里活动着身子，转了一圈，真就感觉自己什么时候来过这里，也许那是他前世的缘分。

村子里有活人墓、瓦罐墓一说，先人们活过六十岁没有死掉，孝顺的儿子们会把他们背到山上，放进事先挖好的墓穴里，每天送饭时，就往墓穴口放一块石头，啥时墓穴封住，送饭也就结束。人在墓穴里会无怨无悔慢慢死掉。早年我们祖上有位老人就死在了瓦罐墓里，那是很早很早以前闹饥荒的年份，一村人饿死的饿死，逃荒的逃荒，我祖辈是村里的大户人家，那老人宁可饿死在村里，也不愿远走他乡。为了争取到最后一丝体面，为了给家里节省下一份口粮，那位不到六十岁的老人，让儿子把自己背进了瓦罐墓里。也正因为他省下的那一点口粮，我们祖辈的人熬过了那场饥荒，活了过来。

这一天，我二大爷享受洞穴凉爽的潮湿，伸腿躺了下来。洞外的天空露出一丝熹微，四周升起了晨雾，雾气凉丝丝地钻进洞穴里，罩在他的身上，钻进他的鼻孔、耳孔，洞外的蒿草、树木的枝叶披挂的露水，滋润着我二大爷干渴的喉咙。在晨雾中，我二大爷感觉自己快要成了仙人。

我二大爷没有成仙,他离仙人远了去了。在这寂静的洞穴里,作为俗人的我二大爷总要想想他的两个儿子,想起保姆兰英,想起那天中午的闹剧。他还想起前些日子,邻村一个姓王的老太太,还不到七十岁,她孝顺的家人就早早给她准备了棺材,摆进了自家仓房,说是冲晦气,她自己看着心里也托底。儿女们觉得这样还不够体面,又给她买了块墓地,建了墓穴,这么一张罗,老王太太倒是越活越精神,越活越神气,没事就跑到墓地闲逛,在那里坐上小半天,闲得实在无聊,就与地缝里的蛐蛐说话,跟蚂蚁唠嗑,问它们今早吃饭了吗?吃啥饭?有两只大肚子蛐蛐,走道笨得要命,她知道它们快生了,叮嘱它们多加小心,别闪着身子。天要下雨了,那些蛐蛐、蚂蚁先知先觉,溜过来告诉她:"赶快回家,赶快回家。"老王太太坐在墓穴里不想出来,不出来没人给她送饭,更没人往墓穴口摆放石头,她只好硬撑起身子爬出墓穴,晃晃悠悠走回家门。她儿女倒不少,那些孩子不是在家种地,就是去城里干零活,忙得要命,没人跟她闲耗时间。保姆兰英没来家里之前,我二大爷找过她,说:"你要是不嫌弃,咱俩搭伙儿。"老王太太听了,不带好气儿地贬损:"你以为你是谁,拿我穷开心是不?别以为你家有了三层小楼,就敢跟我唠这嗑!"我二大爷被那两片嘴皮子狂轰滥炸得体无完肤,脸上灰呛呛,都没地方放了,只好转身离开。老王太太冲他背后喊:"都快入土的人了,别整天想那些没用的事。"

那老王太太真是有福,没过几日,她在家吃完早饭,说脑袋迷糊,倒在炕上睡一会儿。这一睡就没醒过来,死了,一点罪都没遭,家人欢欢喜喜把丧事办了,儿女们一个都没受拖累。

三

我小弟发现我二大爷种种异常，不得不采取一些措施。有一天晚上，他特意往西屋门板外面顶上一只木凳，又往木凳上搁了个搪瓷盆。只要我二大爷深更半夜推他西屋的门，就会碰倒木凳，碰掉木凳上的搪瓷盆。我二大爷知道了我小弟这一不轨行为，故意在夜深人静时起身，推动起西屋门板，推倒木凳，搪瓷盆咣啷啷摔在地上，他随手拉上了西屋门，竖起耳朵静听起我小弟那边反应。

东屋门打开了，我小弟顾不上穿衣服，光着膀子来到外屋，来到西屋门口，站立着，静听着，这时我二大爷也一动不动，同样听起我小弟那边的动静。两人对峙半天，我小弟什么话也没说，搬起木凳重新顶住西屋门板，拾起滚落在地上的搪瓷盆，放到木凳上，像没什么事似的回到东屋。

两腿又抽筋了，必须出屋。我二大爷双脚在炕沿下划拉到两只鞋，下地，再次推起屋门，撞动门外的木凳，搪瓷盆咣啷啷掉在地上，紧接着，东屋门打开，我小弟一句埋怨的话都没有，只是说，"爹，我求求你了，你让我睡个好觉吧。"

我小弟不再用凳子顶门，顶了也白顶。我二大爷走出了屋门，绕到房后，爬上山坡。山上的柞树、楸树还有低矮的长叶火炬树，不住地安抚着我二大爷那颗脆弱的心。不管怎么说，这都是我二大爷胜利的夜晚，值得高兴的夜晚，他兴致盎然地很快来到那条干涸的水沟旁，下到沟底，他绝没想到这时，我小弟在背后搞起了跟踪。

最初我二大爷听着沟外远处树枝的簌簌声，以为是夜晚觅食的狐狸、野猪、狍子，可越听越不对劲儿，那声响明显是冲着他而来，带着探寻、疑问，带着犹豫不决的缓慢。我二大爷拎起铁锹，两手三下五除二拽起沟帮榛树枝，爬上沟沿，缩紧身子，快速躲进一堆火炬树叶里。

我小弟一脸懵懂站在沟沿上发着愣，我二大爷用锹把死死抵住了他腰眼。此时晨露正浓，铁锹湿漉漉攥在我二大爷手里，格外夯实，也格外有力。面对这突如其来的场景，我小弟一动不敢动，他万万没料到我二大爷会来这一手。

我小弟说："我缺你吃的，少你穿的了？"话音里灌满了露水。

我二大爷说："没有。"

"我对你不好？"

"好。"

"那你为什么深更半夜跑出来折腾？"

我二大爷不想回答这一言难尽的问题。

一只飞禽，惊恐万状地从树梢上飞起，又一头栽进远处的黑夜里。我小弟回手夺下铁锹，拽起我二大爷的胳膊说："跟我回去！"

我二大爷甩了甩那紧箍的手，说："我就是不回。"

我小弟双腿扑通软下去，两膝盖落在了草地上，说："儿给你下跪了，你就给儿留个好名声吧！"

四

我二大爷在洞穴里有些日子了,天气一天比一天热,热得他喘不上气儿来,只要他走出家门,跑到山坡上,钻进这洞穴里,身子立马清爽,什么毛病都没有了。我小弟不再往门板外面顶木凳放盆了。我二大爷每次来到院子,总会气定神闲地抬头仰望天空,望那上面有多少星星、多少块云。我二大爷眼神还要回落大地,他要去房后山坡寻找那团捉摸不定的红光,再奔向让他惬意的那个洞穴。我二大爷舒舒服服躺在洞穴里,也总是伸头看洞外的天上星光,看星光照耀的柞树、楸树叶、火炬树,心驰神往的。

我小弟一大早挎着篮子上山了,他懂得我二大爷的想法,特意挎个篮子送饭来了,那沉重的脚步在寂静的山林踩得空空作响,回声荡漾。这一天早上,我小弟来到我二大爷跟前,瞧着探出洞口的头颅问:"你这样就舒服了?"

我二大爷转了个身,缩回脑袋,不愿跟我小弟搭腔。

我小弟带来的那篮子里,有一碗松软的大米饭,一碗小葱炒木耳,他怕我二大爷吃不出滋味,特意带上来一小撮咸菜条,规规矩矩摆在洞口。看见塞进来的饭菜,我二大爷说:"我待在这里哪儿也不去了,你要是有心,每天送饭菜时,再捎带一块石头,等啥时洞口封死了,不管爹有气没气,你都不用来。听懂了没有?"

我小弟说:"好好的日子你不过,为什么要这样?"

我二大爷回答:"这不用你管。"

"只要回去,我什么事都答应你。"

"我就要待在这里。"

我小弟默默看着我二大爷将两碗饭菜吃完,松开一口气的当口,看见我二大爷捧起一只空碗,扣在脸上,不住地用舌尖探向碗底,好半天也不拿下来。我小弟看惊呆了,从小到大,他头一次看见我二大爷有这样的举动,真是不可思议。现在,我二大爷所有的记忆都在这山林里被开启了,舔碗也许是他早年印记的一部分,接下来,他还要见见那些祖辈先人,说不定会弄出多少让人始料不及的怪事来……我二大爷把碗里汤汤水水全舔光了,再捧起第二只碗接着舔,舔得两只碗底明亮如镜,拿回家里都不用洗了。最后,我二大爷说出了他这辈子最有哲理的话:"人这一辈子,能吃多少东西是有数的,老天早安排好了,扔掉的,也都算在你身上。"

我小弟收回两只空碗搁进篮子里,心里悲怆、酸楚着,他不得不捡起脚底一块石头摆在洞穴口,看看我二大爷缩回洞里的头颅,拎起篮子爬上沟沿,悄声往回走。

第二天,我小弟媳妇淑芬挺着不太自然的肚子上山来了,她胳膊肘同样挎着昨天送饭的篮子。山上阴气太重,让一个双身子女人上到山上来,太不像话!我二大爷心里愤怒着,就听见淑芬说:"昨天二强上山崴了脚,我给你送饭来了。"话刚说到这儿,不远处山林里出现了响动,我小弟拄着烧火棍一瘸一拐撑上来,他是个能忍受的人,能咬牙挺住自己,绝不想麻烦别人。我小弟把胳膊肘里夹的一卷泡沫垫扔给我二大爷,赶紧叫淑芬回去。

五

又一个黑夜来临，天空打了几个闪光，黑压压的云涌到山坡水沟旁，压在他的头顶，沉重得吓人。要下雨了，山风吹起恐怖而尖厉的哨音，似要将一切生命吞噬。雨说来就来，先是噼里啪啦掉下零星几滴，紧接着豆大的雨点急促而密集地落下来，哗啦啦敲击着山林，震荡着天地，眼见着下冒烟儿了。沟底汹涌的水流带起泥土一路往山下奔涌。好在洞穴在沟壁上，水一时半会儿溢不上来。我二大爷看着滚滚激流，看着眼前被冲刷起的泥土，浑身上下有一股彻骨的寒冷。雨来得急，去得也快，没过多长时间，水流慢下来，变成了细流，细成了一小溜儿，我二大爷才从寒冷中恢复过来。树上满是劫后余生的残叶，四周响起林蛙声，孤寂而又辽远。

白天难得一见的虫豸出没了，天太黑，我二大爷看不见它们，却能感觉到。那些不知从什么地方钻出的小家伙，爬上他的手背，啃食起他的脚踝，肆无忌惮，胆大妄为，根本不把他这个庞然大物放在眼里。

半夜里，天空彻底放晴，我二大爷从洞口探出头，看向天空，看满天繁星，那些星星也正看着他。我二大爷爬起身子，想钻出洞穴，尽管小心着，还是碰掉了洞口几块石头，接着一堆石头哗啦啦坍塌了。我二大爷下腹的尿液已经憋了好长时间，必须出去。他站在洞外，解开裤带，冲着旁边的草棵开始了一场酣畅淋漓的排泄。尿溜儿在星光下闪动起磅礴的亮线，冲刷得草叶晃晃悠悠，浇灌得雨后的泥土热气腾腾。恍惚间，一股邪风刮了过来，吹得尿溜儿歪斜，不知不觉淋到我二大爷裤腿上、鞋面上。

简直不相信自己的眼睛，我二大爷的尿液好似有一种召唤神灵的魔力，那团久违的红光，那团我二大爷朝思暮想的红光，霍然闪动在他的脚下。怎么会是这样！我二大爷顾不上提起裤子，猛扑过去，扑向尿窝里，一把捂住了那团红光。原来这是一棵野山参，一棵年老的野山参，头顶满是一粒粒红红的参籽，簇拥在一起，吸纳着星光，红得似火，艳得耀眼。我二大爷死死握住这团红光，不肯撒手，怎么也不撒手了，说不定手一松，这机灵鬼就会跑掉了。

没有提上的裤子堆在了脚踝处，浸在尿液里，我二大爷就这么手握那野山参不撒手，有刀架在脖子上也不能撒手。真是老了老了，好事来了，是老天让我二大爷见识一下他找了半辈子也没找到的好东西。

我二大爷两手颤抖，嘴说不出话来，他必须找一根红绳，把这野山参捆绑起来，这是采参人的习俗，也是习惯，绑住它，它就跑不了了。到哪儿弄一根红绳呢？他想不出浑身上下哪有红绳，别说红绳，连一根红线头都没有。他唯一的办法就是去喊我小弟，喊淑芬，然后一家人共同完成挖参的壮举。这样想着，我二大爷张开嘴巴开始喊了，"二强，淑芬——"声音里全是沙哑、无力，他有好长时间没跟人说话，张开的嘴，根本发不出有力的声浪。他再次酝酿一下情绪，鼓足力气，放开嗓门，高声大喊："二强，淑芬——"这回，他的嗓音在山里震荡着，一圈一圈生长，肯定传到了山下，说不定我小弟和淑芬正从被窝里爬起来，穿上衣裤，推开家门，向他这边跑来。他只有等。等待是漫长的，每分每秒都漫长。手麻酥了，酸胀了，他松动一下两只手，那团红光没有一点想借机逃走的意思。

不知过了多长时间，山下一点动静都没有，一切都是妄想。我二大爷无论如何也要把这喜讯告诉我小弟，告诉淑芬。他还想告诉他们，他不是没事整天跑到山上瞎闹腾，他也是有用的人，这红光终于被捉到了，他捉到了一棵野山参。必须给它做个记号，记号要大，要显眼，不然很难再找到它。我二大爷看到脚踝上掉下的裤子，灵感来了，他抬脚把裤子踹掉，拎起来，攥住两个裤脚，将这团红光转圈围拢，再系上一个死疙瘩。这是降住这家伙的唯一办法，也是最好办法。做完这些，我二大爷后退几步，看着拢在裤腿里的红光没有一点逃走的意思，放心了。他光着下身爬到了沟沿，回头再看向这团发着红光的野山参，它真就没有逃跑的意思。我二大爷赶紧下山，事不宜迟。羊肠小路旁的树枝、草叶剐割着他的大腿小腿，他直溜溜往山下跑，脚步生风的。

很快跑到自家房后，侧身绕到楼前，我二大爷看见一楼东屋里一片漆黑，窗上挂着的半截布帘，挡住了下半部分窗户。我二大爷放慢行动，蹑手蹑脚摸到房门跟前，手摸到门板，轻轻去拉，拉不动，门从里面闩住了，我二大爷知道门闩在哪儿，他把手伸进没有遮挡的一格窗框里，没等摸到门闩，我小弟猛然喊了一嗓子："谁？"

我二大爷定住了，大气不敢出。

"是人是鬼？"我小弟又补了一嗓子。

"我是你爹。"我二大爷说。

六

我二大爷后悔了,他本想轻手轻脚打开房门,轻手轻脚走进屋里,再拉开东屋的门,叫出我小弟,可他嗓里发出的声音怎么那么生硬,怨气横生。

我小弟抓扯起一把衣服,光着膀子打开了东屋门,我二大爷顾不上跟这小子废话,他一头扎进西屋,从炕柜里拽出一个帆布包,包里有镇邪的铜钱、竹扦,全是挖参用得上的家什,一根红布条耷拉出包口,也不往回塞一下,就往屋外跑。我小弟愣怔着站在外屋,看着他光溜溜的下半身,问:"你裤子呢?"我二大爷根本不回答他的问话,没工夫回答,他一把拉扯起我小弟的胳膊,推开房门,一溜烟儿来到院子,来到房后,嗖嗖爬向山坡。这爷儿俩一个光着上身,一个光着下身,奔跑的身子带起一阵风声,剐碰着树枝,掀动起草叶,声势浩大的。

他们来到干涸的沟旁,下到沟底,这时,星光照得山林一派透亮,洞口的石块已坍塌得不成样子,一团黑乎乎的裤子,死塌塌堆在那里,像是随意丢弃的死人衣物。我二大爷突然定住,傻眼了,那团红红的野山参怎么没有了?真就没有了!我二大爷上前一脚踢开那条裤子,发现地上根本没有什么野山参,连野山参的毛儿都没有。

我小弟抓起尿窝里的裤子,拎近眼前,借助星光左看右看,似乎闻到了尿臊,他龇牙咧嘴扔掉裤子,来了一句:"真是胡闹。"

我二大爷光溜溜的下身开始瑟瑟发抖,他不停地跺脚,懊丧极了,恨不得抬手抽自己两个耳光。说什么都没用了,后悔也没用,他被这成了精的鬼东西耍了,耍得好惨!他掉转身,颓然地钻回洞穴,准备关自己一个禁闭。

我小弟把自己手里的衣服扔给他,让他盖住下身,弯下腰,捡起那些坍塌的石头,一块块垒在洞口,接着用拇指和食指捏住臊烘烘的裤子,拃挲开胳膊,连扯带拽爬上沟沿,低头耷脑往山坡下走去。

我二大爷无法讲述这天晚上发生的事情,讲了,我小弟也未必听。他们之间不需要说话,有些事自己在心里说说就行了。

感觉冷,衣服盖在腿上也冷。我二大爷蹲在洞穴里,从屁股底下抽出泡沫垫,围住身子,还是冷。现在那棵野山参没影儿了,他白闹腾一场,要是他不离开,在这里熬上一个夜晚,熬到天亮,熬到我小弟给他送饭,再让他回家翻找那些挖野山参的家什,俩人一起降伏这个家伙,该有多好!可事情总不能按人的心思来。

天放亮时又下起雨了。我二大爷想着我小弟再过来送饭,他要当面把事情说清楚,说他昨晚不是瞎胡闹,他的确看到了一棵野山参,一团发着红光的野山参,他用那条裤子把它围住,裤子是多么明显的记号,可他还是失手了。

这天,我小弟没过来,可能生气了,气得不轻。我二大爷肚子早就饿了,他想钻出洞穴找点吃的,哪怕是平时看不上眼的树果、山菜也行,可那些东西不带油水,越吃会越饿。我二大爷手攥着我小弟的衣服,挪走洞口几块石头,挪出很大一个豁口,光着下身爬出洞穴,爬上了沟沿,他不得不下一趟山。

下了雨，山上潮气重，蘑菇一宿之间长得蓬蓬勃勃，榛树丛底下，柳树根儿，松树根儿，桦树根儿，随处可见一簇簇大小不一拥挤在一起的榛蘑、柳蘑、松蘑、白蘑。山上有个人影在晃动，我二大爷老远看见那是一个女人，女人岁数不小，她赶在这雨天爬上山，撅起屁股在一棵松树根下一把把采摘起蘑菇，真是不容易。我二大爷好久没看见陌生人了，他看着那女人，突然惊讶起来，忍不住高喊一声："兰英——"那女人抬起头，瞪起浑浊的眼神望向我二大爷，这回我二大爷看清她了，真就是兰英！我二大爷不知说什么好，他哆哆嗦嗦拨开树枝，不顾枝条对他光溜溜两腿的剐碰，拼命奔跑过去。兰英可能被他光着下身的样子吓坏了，急忙收拢起手中的编织袋，起身就走。我二大爷急了，再次叫喊兰英，不管用，他只好继续追！兰英就加快脚步，不管我二大爷怎么喊叫，就是不停下。走着走着，她发觉我二大爷被甩远了，猛地撒开两腿奔跑起来，跑得比狐仙还快，我二大爷别想追上她了。

　　我二大爷只好放弃追赶，按原路下山。

　　大白天的，我小弟东屋的灯亮着，我二大爷悄悄来到窗口，抱着膀子，浑身从里到外都在打战、收紧，肚子也跟着收紧了，他感觉不到饿。探头看过去，他忽然看见了我大哥举大光。原来是这小子回来了！我小弟正跟我大哥面对面坐在炕桌前，旁若无人地口若悬河，满嘴唾沫星子横飞，像没事似的赶在雨天喝起酒来。我小弟媳妇淑芬挺着肚子在外屋洗碗、扫地，忙来忙去，根本没发现晃动在外面的我二大爷。

　　我大哥端起酒杯，我小弟酒杯也端了起来，俩酒杯一碰，发出了当啷的声响，这俩小子仰头将酒倒进嘴里，龇牙咧嘴拿起筷子夹菜，那菜是葱炒鸡蛋。我小弟脸已红得不成样子，活像个猴屁股，难看死了。

我大哥说："我不在家，你就多担待。"

我小弟又夹了一筷头土豆丝，张嘴塞进去，咯吱咯吱咬了半天，闲下嘴说："当初要是留住兰英，咱爹也不至于往外跑。"

我大哥说："兰英的事就别提了，你死了那心吧。"

哥儿俩撂下这话头儿，共同夹菜，共同大口大口往嘴里塞，一溜儿汤汁从我小弟嘴里流出来，流到了下巴上，他抬起手背抹了一把，低着头不作声，只顾吃菜。

我大哥脸红得比我小弟严重，活像一块紫猪肝，不管是猴屁股还是紫猪肝，说明哥儿俩都没少喝。我二大爷真担心两人对酒失去控制，喝多了，没个人样儿。还好，他们好半天不说话。雨不停地下，从房檐落下一扇水帘，逼得我二大爷紧靠墙壁，房檐有些窄、有些高，水帘哗哗流到地上，溅出无数水泡。我二大爷鞋里早已灌满了泥浆，活动两下脚趾，泥浆就从鞋帮溢出来，呱唧呱唧响，如山里林蛙的聒噪。风刮过来，他身上的衣襟，以及手里攥着的我小弟给他的衣服，全淋湿了。幸亏光着下身，不然裤子也是湿的。他仰头看天，密集的雨丝像一根根箭镞扎下，到处水光四溅。雨没有一点停下来的意思。

不想看这俩小子。我二大爷背贴着墙，横着身子，一步步挪到房门跟前，他想的是，屋里出出进进的淑芬说不上哪下看见他，会惊喊一嗓子，然后他们一家人全都跑出来，前呼后拥把他请进屋里，把他抬到热乎乎的饭桌旁。我二大爷等了好半天，也没有这样的奇迹发生。

身子依旧紧紧靠在墙壁，眼望着雨水，我二大爷的心是那个冷啊。其实在洞穴里住的时间久了,他真不愿意回这里,要不是肚子饿得不行,他才不会回来。这时,我二大爷横下一条心,他无论如何不能主动钻进屋里,一主动,就会被他们看不起,说不定会把他耻笑一番,说你不是能耐吗?你要是真能耐,就别回来。我二大爷才不会给他们耻笑的把柄。静下心思,我二大爷感觉嗓子有些疼了,他滚动了喉咙咽一口唾液,浑身隐隐酸疼,从肌肉酸疼到骨头里,跟着腿又抽筋了。

始终没有动静。他不得不动手拉起房门,不能指望他们,谁愿意说什么,就去说吧,我二大爷拉门板,没有拉动,他把手伸进那一格没有遮挡的窗框里,想从门里面摸住门闩,一下两下,他触碰到门闩的当口,手又停下来,他的心情复杂得很,反复斗争着,想的是到底拉不拉这门闩,打开房门。

这么简单的事,对我二大爷来说,选择起来又是那么难。屋里的我小弟又说话了,我二大爷从窗框里抽回手,就听见我小弟舌头明显大了,说话磕磕巴巴断断续续:"我容易吗?我天天往山上跑,我不能眼看他饿死在那里不管吧!"

"你拦住他就是了,干吗让他跑。"

"深更半夜的,我咋拦?"

"你拿铁链子,把房门锁上!"

"他是个大活人。"

我小弟诉起了委屈,火药味出来。我二大爷感觉出不好,横移着脚步奔向窗口,但还是晚了一步,只见我小弟喉咙上那块凸显的骨头,正急促地滚动,人木了一样,脸上湿乎乎地流淌着晶莹的液体。这显然是我大哥一杯酒泼上去的,泼得他哑口无言。我大哥手捏着空杯来回转动,他等待着我小弟做出进一步反应。

酒气从窗缝里飘散出来,香甜的,盖过了雨水的土腥气味。我小弟举二强摇摇晃晃从炕桌旁站起身,他端着酒杯,端着盛满酒水的酒杯……

"不准打架!"我二大爷突然爆发出一声呐喊。

七

很快到了秋天,我二大爷家房后的山体,由春天的鹅黄、夏日的油绿,转眼间转变成眼前这深秋的颜色。秋风如同一把毛楂锋利的刷子,将这茂密的树木刷成红、黄、蓝、紫。过早衰老的叶子在树枝上瑟瑟发抖,最后怅然飘落,回归于泥土。各种蒿草也做起了猫冬的准备,不再摇曳各自的身姿,一律顺从这季节的召唤。虫子们的聒噪一天高过一天,为最后的谢幕声嘶力竭地唱起挽歌。

我二大爷身子沉沉地躺在洞穴里,他太累了,从心里往外累。

我小弟拿来一部手机放在洞穴口,被我二大爷奋力扔了出去。我小弟带着央求的口吻说:"你以为这样,我就省心了?我叫你一声爹,我的亲爹,你跟我回去,别待在这里好不好?"

"你要觉得费事,饭可以不送了。"

"我的老天爷,只要你吃饭,只要你好好的,我做什么都行。"

我二大爷不再搭理他。这些日子我小弟每天送来的饭菜比以前好了许多,可我二大爷就是不想吃,他的胃明显缩小,每吃下一顿，都觉得吃多了。

有一天，我二大爷突然发现了一个问题，都这个季节了，洞口垒起的石头不见多也不见少，照这样下去，入冬这洞穴也别想封死。

再送饭时，我二大爷变得格外小心，他眼睛不错神地盯着我小弟掀开遮盖篮子的毛巾，盯着他端出热气缭绕的饭菜，我二大爷还看见我小弟攥起一块石头，大大方方摆在他跟前，就在我小弟收回手的当口，只见他几根手指活动了一下，瞬间顺走了一块石头，顺到了袖口里。我小弟自以为聪明，做得天衣无缝，他哪知道，我二大爷正眼睁睁盯着他，逃不掉了。我二大爷一把抓住我小弟那只袖口，狠劲儿地抖搂出那块石头，愤怒地挥起手，朝着我小弟的脸，狠狠给了一巴掌。我二大爷的手臂伸得足够长、足够有力，我小弟来不及躲闪，他一屁股坐在地上，嘴里吐出一口血水，吐在地上枯黄的草叶上，一股腥臭弥漫了四周。

我二大爷说："你糊弄鬼呢，我就知道你没干好事。"

我小弟说："我不是那个意思。"

"哪个意思？你还跟我嘴硬！"又要动手，我小弟急忙躲开了。

也就从这一天开始，我二大爷突然胃口关闭，我小弟每次送的饭菜，怎么端来又怎么端回去。我小弟急得抓耳挠腮，也没办法。一连三天都这样。我二大爷躺在洞穴里，脚朝里，头朝外，他睡一阵醒一阵，不分白天黑夜。有时他睁开眼，眼前也是黑的，他看向黑暗中一蓬蓬高远的树梢，以及树梢直指的天空，就看见那一颗颗星星一眨一眨，然后悄然钻进白云里。

那云很像他身边的洞穴，四周同样长满了树木、蒿草，还有一条踩踏出来的羊肠小道，伸向很远很远的地方。

天快放亮的时候，地面水洼出现了封冻的冰碴。我二大爷听着冰碴炸裂的声音，听自己微弱的呼吸，直感到身子暖融融的，他如同置身火炉旁，热极了。这时，大地发出杂沓的声响，我二大爷用力眨了眨眼，他看到了一颗颗星星聚集在洞口，闪闪烁烁摇摆不定，在那些星星中间，有一团红光出现了，正飘飘然跳起了舞蹈，那是召唤亡灵的舞蹈。我二大爷浑身一凛，他再次眨了眨眼，多日不见的野山参又回来了，他伸出软弱的手臂向前抓去，他想抓住那野山参永不松手，可他伸出去的手好半天抓不到任何东西，那野山参离他很远，很远，他在迷幻中伸出的手臂，始终没有抬起来。

星光闪烁，大地的声响原来是一阵急促的脚步声，里面带着慌张、忙乱、带着不间断的喘息……我小弟举二强和我大哥举大光来了，他们踩踏着草叶、踩踏着早上的露水跑来了。

我二大爷身体此时无比地舒坦，轻飘飘的，他要飞起来了，飞离这洞穴，飞到外面高远的天空。山林早已没有了蚊虫的叫声，没有了鸟鸣，也没有了风的声音，只有寒冷的牙齿嗒嗒磕碰的声响。

我小弟和我大哥走到洞穴跟前，不知谁纳闷地问了一句："爹没了？"

"爹怎么没了！"

是呀，爹怎么会没了？

我二大爷忍不住哂笑一声，轻声说道："傻小子们，往天上看，没看见你爹长了翅膀，飞到天上来了！"

我二大爷两个儿子就仰起头,天空除了星星和云彩,他们什么都没看到。身后沟沿上有人说话了,是老女人的声音:"你们来得还算及时。"

我小弟和我大哥一同转身,就见保姆兰英说:"我看着他走的,我守在这里好几天了,他应该知道。"

原载《鄂尔多斯》2023 年第 4 期

植物志

一

他按下手机键，怎么也按不准，反反复复地按，始终无法将手机号码正确输入。他有点急，像有什么事催促他赶紧打出这个电话。不知不觉脑门出汗了，他用尽全身力气大吼一声，把自己吼醒了。转转脑袋，原来是个梦。

窗外天已经亮了，阳光打在厚重窗帘上，卧室影影绰绰，老叶伸手摸向床头柜上的水杯，摸到了，起身打开杯盖，喝一口已经冷却的开水。养生专家说，上岁数人，晚上睡觉前凉一杯凉开水，起夜时喝上一口，防止血液黏稠。不管专家们说得对不对，老叶还是照着做了，养成了习惯。水喝到嘴里，感觉好多了，抬手摸了摸额头，潮乎乎的，是在梦里急出的汗。

手机是儿子上个月给他买的，说有什么事方便联系。老叶整天摆弄着，没接到一个正经电话，大部分时间，这手机都像睡着了，躺在什么地方一动不动，有时老叶会把它找出来，攥在手里，看视频，看朋友圈。他朋友圈里人不多，除了孙子、儿子，再就是刚添加的几个搞摄影的朋友。那些朋友很爱往朋友圈里发消息，今天去医院打吊瓶了，有胶布贴在手背上为证；昨晚到饭店吃饭了，以一桌子大鱼大肉、好酒为证，都是儿子或闺女请的；当然还有随意拍下的花草树木。老叶看得饶有兴趣，好像那些人整天晃动在他跟前。如果有人几天不发朋友圈，他还容易把人家忘掉，偶尔想起来，心里不免咯噔一下，怎么没消息了？会不会……他无论如何不敢往下胡思乱想了。

老叶从不往朋友圈里发消息，是没什么可发，也不会发。不发不等于不喜欢看，他整天像躲在暗地里的窥视者，不动声色观望人间百态，或嗤之以鼻或发出会意的微笑。

此时，他想不明白，早晨为什么会做那样一个梦，难道手机出了什么毛病？他想知道此时手机放到什么地方了，回头看向床头柜，没有；再伸手摸枕头下面，也没有。他停下手中的动作，慢慢地想，想起来了，昨晚手机放到客厅里充电了，过了一宿，忘得死死的。

二

赶紧下床，手机显示电已充满。既然起床了，穿上衣裤，洗漱，准备早餐。煮一个鸡蛋，再熬一杯牛奶，冰箱里有半个面包。他早上吃饭向来简单。没多大工夫，鸡蛋煮好了，牛奶也熬好了，他坐在餐桌前，拿起烫手的鸡蛋，在桌上磕裂，剥皮，顺便等待牛奶冷却。今天鸡蛋皮不好剥，揭一层蛋壳，带出一块蛋清，改变方法还是不好剥，等一枚鸡蛋皮全部剥完，蛋清表面已是坑坑洼洼，放在嘴里咬一口，还没等咀嚼，手机音乐声响了。

老叶第一个反应是儿子打来的电话。他嘴里含着连黄带清的一口鸡蛋，笨手笨脚起身，奔向客厅，抓起电话，寻找到绿键，看准了，用粗壮的食指按下去，放到耳朵上，放错了，这边耳朵听力不佳，他又把手机转移到另一边耳朵上，里面传来女人的声音，向他推销什么产品。他不想听，也听不进去，手机从耳朵上拿下来，看准红键果断按掉。回到餐桌，继续用餐。他庆幸刚才起身慢，没有慌手慌脚去接这个突如其来的电话，不然一不小心摔倒了，太不值得。有多少老人，就因为摔了一跤，结果出了事，后悔都来不及。

安静地坐在餐桌前，消消停停吃饭吧。这时牛奶温度正好，他一边咀嚼鸡蛋，一边端起牛奶杯，刚喝上一小口，手机音乐声再次响起，响得他心惊肉跳。还让不让人吃饭，有完没完了？这回，他不准备去接那个电话。不一会儿，手机停止了响声，他心里又犯起了嘀咕，会不会是儿子？要是儿子打来的电话，他可不能不接。

三

老叶刚退休时，给自己买了部单反相机。整天挎在脖子上，到离家不远的公园散步、拍照，一天的日子也就匆匆忙忙过去。

老叶喜欢拍摄春天刚开的花，迎春、连翘、丁香，还有桃花、杏花、樱桃花。经历了枯燥的冬天，一旦穿梭在鲜花丛中，嗅着幽幽花香，整个人身心都跟着舒展畅快。

他喜欢从镜头里观察花瓣细微的纹路以及花瓣环绕的花蕊。连翘花他就是这么认识的。每年春天，这种花总是早早开放，老叶一直以为它是迎春花，这天，他从镜头里发现连翘花跟迎春花还是有区别的，虽然颜色均为嫩黄，但迎春花花瓣平展，有五六片，呈圆形；而连翘花花瓣卷曲，只有四片，呈长形。老叶以前感冒没少吃"银翘解毒丸"，那里面一味中药"连翘"就是此连翘的花果，真是长见识了。

老叶把这些作品拿到图片社冲洗、放大，镶上相框，挂在墙上，或送给亲朋好友。为此，他结识了不少搞摄影的朋友，他们身穿红马甲，手握长枪短炮，行走在公园的角角落落，一旦看到水塘边上的蒲公英、怪石缝里的小榆树，就把镜头伸过去，快门咔咔乱响。

这些年，老叶渐渐脱离了那个小集体。原因是他没有手机。有那么几次，他本来在家用座机跟人家约好了集合时间、地点，路上堵车晚到十几分钟，大伙等不及，一个个都走没影儿了。还有一次，老叶跟一群人钻进一片茂密的林子，不知不觉与大伙走散了，好几个小时后大伙才找到他。这时有人埋怨："你咋没有手机呢？买一部手机能花几个钱！"

这些人哪里知道，根本不是钱的事，老叶压根就不想用手机。自从社会上出现了手机，老叶就从没用过这玩意儿。这是他的个性，也是他的戒律，没有手机，会少了很多骚扰，省下时间做很多自己想做的事。儿子手机换了一部又一部，从砖头那么大到小巧袖珍，从直板到折叠，从普通到智能，这个牌子那个牌子……老叶就是不用手机。谁要想找他，肯定有办法找到；他要想联系别人，家里的座机就够了。早年老叶腰间佩戴过传呼机，那是当时最时尚的通信工具，传呼机一响，赶紧找个电话亭，把电话打过去。打晚了，还要遭受对方埋怨。那时固定电话满大街都是，表面上好像方便，其实把人折腾得够呛，老叶后来排斥手机也许是那时留下的心理阴影，他不想给自己找麻烦。好在传呼机从人们生活中渐渐消失了。

　　家里的座机也早就不用了。儿子这次给他新买的手机，老叶没有拒绝，也无法拒绝，他这个年纪有太多的事让人放心不下，他不能没有手机。有了这手机，他不能让它整天总闲着，一个人寂寞、没有朋友圈可看的时候，他会走出家门，钻到公园树林，用手机搜出早年熟悉的《小白杨》《祝酒歌》《牡丹之歌》，跟着屏幕上的歌词一起唱。那是一个人的演唱会，他就是自己的听众。他以草地为舞台，树木为帷幕，唱得如痴如醉，树叶都跟着簌簌颤抖，那沙哑孤寂的嗓音穿透枝条，飘向很远很远的地方。唱累了，也唱够了，拿着手机，又开始对着花花草草拍照。

　　这些年，老叶挎单反相机，把脖子挎出了毛病。不仅是他，一起搞摄影的那群人，脖子或多或少都出现问题，毕竟年龄大了，挎不动那沉重的家伙，很多人改成了手机拍照，效果虽然比不上单反，但自娱自乐还是可以的，老叶用手机同样拍得如痴如醉。

　　手机音乐声又一次响起的时候，他坚持把早饭吃完，用纸巾擦擦嘴，才去客厅抓起沉默下来的手机，看向一串陌生号码。又是一个骚扰电话。

四

老叶没用手机那会儿，看不惯孙子使用手机。孙子上小学五年级，学校离老叶家很近，这些年，老叶每天接送孙子放学上学，跟孙子一直相处不错，孙子有什么要求，他尽量满足，有些溺爱了。老叶最为烦恼的是，自从孙子有了手机，对这玩意儿迷恋得不行，走路时看，吃饭时看，睡觉前也要看。看得老叶实在无法忍受，时不时提醒孙子放下手机，到户外活动活动。孙子似听非听的，头都不抬一下，老叶上前一把抢走孙子的手机，有些武断了，可不武断怎么能行？有一次，老叶刚把手机抢走，孙子伸出手说："给我。"

老叶强压住火儿，搞起了现身说法："我像你这么大的时候，早到外头打篮球、踢足球去了，哪像你整天窝在家里。"

孙子脸红脖子粗地说："快给我。"

老叶说："你看我，从来不用手机，也活得好好的，这东西太浪费时间，太消耗生命了。"

老叶还在喋喋不休，孙子又一把夺回手机，速度快得迅雷不及掩耳。

老叶惊得半天说不出话来，手机这么让人着迷吗？他不理解，真是不理解。

从这以后，孙子每天放学都不愿到老叶家里，隔三岔五乘公交车回自己家，老叶不得不跑过去接回孙子。孙子一路跟他无话，还在埋头摆弄手机。老叶刚想教育，话到嘴边又生生咽了回去，他告诫自己不能发火。

有几次，他实在没有忍住，还是冲孙子发火了。发火的时候，老叶想，真是一代人有一代人迷恋的东西。老叶年轻时迷恋电视，从黑白到彩色、从显像管到液晶，他什么电视都看过。每天吃过晚饭，他倒在沙发上，嘴里咬上一根牙签，这个频道那个频道看得没完没了，连闹哄哄的广告也不放过。到了儿子这代人，电视可看可不看了，他主要是看电脑。而孙子呢，直接用起了手机，假如手机没在跟前，就丢了魂儿似的。不仅是孙子，现在儿子也这样了。

五

又想起早晨那个奇怪的梦。他手指按下拨号键时那种急切，像一个不解之谜缠绕在心头。为什么会是这样呢？老叶忽然想明白了，他拿这手机太当回事，总是惦记着，晚上能不做梦吗？

老叶知道，儿子买来这手机，不完全是让他学会接打电话、看微信朋友圈、跑到树林里唱歌，更希望他像年轻人一样学会下单买菜、买米、买面，不愿意做饭的时候叫外卖，省时省心又省力。

星期天儿子过来了，教他如何使用那些软件，不管怎么教，老叶就是学不会。究其原因，一是他对这些不感兴趣，二是他胆子太小，生怕不小心按错哪个键，把手机里的钱弄丢了。

不管感不感兴趣，这些东西总该要学的。从儿子那儿学不会，就从孙子那儿学，借机还能改善他与孙子之间僵持已久的紧张关系。这天晚上，老叶推开孙子避风港似的卧室门，带着一副虚心好学的态度前来请教，还没等张嘴呢，孙子一脸警惕。

老叶问："你干啥呢？"

孙子说："写作业。"

老叶老毛病又犯了，他问："写作业手里怎么还攥着手机？"

孙子说："我对答案，不会的题从手机上查。"写作业也用手机，老叶不懂现在这孩子了，真是不懂！

见老叶递上了手机，孙子问："你想买啥？"

老叶急忙回答："买菜。"

"什么菜？"

"大白菜。"

"别的要不要？"

"就想买一棵大白菜。"老叶言不由衷了。

孙子噼里啪啦按起手机，手指灵活，动作迅速，看得他眼花缭乱，还没等看明白怎么回事，孙子把手机递给老叶说："明天下午在家等着吧。"

想不到这么快结束了与孙子的交流，老叶心有不甘，没话找话："完事了？"

孙子说："完事了。"

"一棵大白菜？"

"一棵大白菜。"

孙子跟他说话干净利落，多余的话一句没有。老叶悄悄退出孙子卧室，心里塞满了失落，想着孙子真是跟他疏远了，有了隔膜，都是手机惹的祸。

六

第二天孙子上学去了,到了下午,送菜的没过来,儿子先过来了,像有什么急事,满脑门汗水。

老叶心里高兴,嘴上埋怨:"你打个电话就行,何必跑过来,嫌不嫌累呀!"

儿子说:"打了好几次电话,你都不接,我以为出了什么事,赶紧过来看看。"

老叶显得有些无辜,他说:"可我一直没听到手机响。"

说着,老叶开始摸向自己衣兜,想摸到手机,没有。浑身上下全摸了个遍,还是没有。转身奔向常放手机的地方,察看一番,仍没有。手机怎么会没了?老叶抓耳挠腮站在原地,慢慢地想,想了好半天,也想不出来手机究竟放到哪儿,他脑门也开始冒汗了。

儿子倒是不慌不忙,掏出自己手机,咔咔咔按了号码,等一会儿,起身,从屁股下面的沙发垫底下摸出他的手机。可能昨晚孙子买菜时不小心把手机弄成了振动,老叶这耳朵,咋能听见呢!

儿子把手机调出了音乐声,又摆弄了几下,让他喊"小爱小爱"。

原来这手机的名字叫"小爱"。

老叶就喊:"小爱小爱!"

手机传来甜美的声音:"哎,我在这呐!"

老叶一惊："这玩意儿会说话？"

这天下午，老叶翻来覆去摆弄起手机，每隔一会儿，忍不住喊一声："小爱小爱！""小爱你吃饭了吗？""小爱今天外面天气怎么样？"所有回答都让人忍俊不禁。可能问的次数多了，惹人家心烦，"小爱"不再应答，他连续呼喊："小爱小爱。"里面小人被唤醒了，冷不丁传出一声："哎！"

老叶正要说话，一个陌生号码打进来，是送大白菜的。对方说无法进入小区，问他能不能出来接应一下。老叶想都没想，满口答应："行行，我马上下楼。"

穿上外衣，带上钥匙，临出门时，他心里惦记着千万别忘了带上手机。手机着实揣入了衣兜，他放心了，兴致勃勃下楼领取大白菜。

到了单元门口，推门的工夫，碰到一位老邻居，可能他脸上的笑容吸引了对方，那人刚要打招呼，老叶抢先说话了。老叶脑袋里转悠着一会儿留不留儿子吃晚饭的事，顺嘴说了一句："吃了吗？"没等老邻居回答，他兜里的手机回答了："哎，你是在怀疑我的干饭属性吗？吃饭这种事我最积极了。"

他根本没呼叫"小爱"，它怎么出现了，接话了？老叶急忙伸手插进衣兜，摸索着按了按，将它安抚住。

老邻居笑了，看来他经历过这种事。

老叶不好意思地掏出手机："这玩意儿，我儿子买的，用不习惯。"

手机又接话了，说："哎呀，没听懂，换个方式再说一遍好吗？"

老叶沉下脸，故作生气地问："你想干什么？"

那个甜美声音回答:"刚才突然回想起和你的相遇,从此我的心里永远是草长莺飞的春天。"

七

手机潜在的功能一次又一次刷新了老叶的认知,他对它必须重新看待、重新审视了。老叶捧着一棵大白菜走回家门,跟儿子说了这手机瞎捣乱的事。儿子嘿嘿笑了,接过他的手机,重新调试。可能要把"小爱"调试没了?老叶心里咯噔一下,赶紧阻止,心说我还没跟"小爱"说够话、没摸透它的脾气呢!

手机还回到他手里,老叶说:"谁还不犯点错误,何况一个手机,我观察两天再说。"

从这天开始,老叶生活里有了新的乐趣,不管有什么事,他习惯拿起手机呼叫:"小爱小爱!"

眼下,春天的气息一天浓似一天,蒲公英、荠荠菜已冒出嫩芽,远远看去,灰蒙蒙的大地呈现出一层绿意,老叶脖子上不再挎相机了,他用手机拍下这些植物,制作成视频,希望孙子通过视频了解大自然,关注一下这些他整天熟视无睹的植物。他青年时下过乡,在大野地摸爬滚打,对这些婆婆丁、灰菜、马齿苋、野芹菜,还有黄蒿、柳蒿有感情。

老叶还拍他家附近的树木,什么杨树、柳树、榆树、松树、柞树。现在他不再满足于用手机接打电话,看朋友圈,跟着屏幕唱歌。制作视频成了他首要任务,他为此废寝忘食的,迷恋程度一点也不亚于孙子了。老叶给自己的视频号起了个名字,叫"植物志"。为了孙子，真是拼了。

  这天，他戴着老花镜，沉浸其中，猛地想起忘去学校接孙子了，急匆匆出门。此时，他感到眼球干涩，脖颈僵硬，真是累了。他突然发觉，制作视频对他来说是个苦差事，尽管有"小爱"帮助，但他老眼昏花，笨手笨脚，操作起来很是费劲儿。再完成一个视频，他就歇歇了，手机也该歇歇，他无论如何不能摆弄这玩意儿，说什么也不能再摆弄，下定决心不摆弄了。老叶带着这种慨叹，走到一楼，竟与孙子撞了个正着。孙子自己回来了，没等他张嘴，孙子惊呼道："爷爷，你好潮哇？"

  老叶问："你说什么？"

  孙子说："你好新潮哇！"

  说着，孙子扑到老叶怀里，差点把老叶手机扑掉在地上。显然是孙子看到了他的视频。老叶琢磨着跟他说点什么，就在这时，手机音乐声响了。老叶看准了绿键，用粗壮的食指按下去，放到耳朵上，这边耳朵听力不佳，放错了，他又把手机转移到另一边耳朵上，这回听清楚了，儿子在电话里喊："爹啊，这手机内存还是小了，我再给您买一部新的。"

  老叶真是哭笑不得，他对儿子说些什么好呢？！

原载《光明日报》2023年5月19日第14版

老人味

一

他置身于孤岛，确切地说，他躺在孤岛上。四周水光潋滟，一只飞燕倏地扎向水面，又旋入空中，紧接着一道光线刺向眼睛，他晃动脑袋躲避着，发现是窗外的阳光叫醒了他。睡梦中的孤岛竟成了身下的床榻，软绵绵的。王家夫翻转过身，胳膊缠向素英的脖颈。素英似乎早就醒了，她要起床，手里拉扯着一件内衣，问王家夫喜欢吃面条还是米饭炒菜，王家夫睡眼迷蒙地说："冰箱里有面包牛奶，煮个鸡蛋对付一口就行了，没必要搞得那么复杂。"说话的工夫，他感觉嗓子有些干，还有痰，咳嗽几下，喝口水，拉住素英的胳膊，似有话要说。素英没有理会，挣脱开他，回手朝他手背掐了一把，没真掐，让他知道疼就行了。这是他们间常有的小把戏，也是生活中的小调剂。王家夫不想迎合，他一本正经地说："今天我准备去找海霞，找这个混蛋的东西。"说完他起身，伸手狠狠捏了几把脸。

素英心惊肉跳地问："你真去找哇？"

王家夫清理清理嗓子,坚定地说:"必须找,我一定找到她。"

海霞是王家夫的独生女儿,她手里握着他的存折,有半年没踏进这个家门。

"她躲过了初一,躲不过十五,我不相信她能把这事躲黄了!"王家夫一提到女儿海霞就生气,气不打一处来,嗓子里讨厌的痰丝还不绝如缕,想着自己存折放在了她那里,真是犯了天大的错误,追悔莫及。

海霞大学毕业,一直在外面租房子,王家夫基本没怎么管,如今他值得信赖的女儿给他出了个大难题,让他抓耳挠腮无比难受,直想骂人。想当年他在保险公司当总经理那会儿,没有谁能这样对他,没有人叫他这么不顺心,他做的所有事都顺风顺水通通畅畅,哪像现在,这么一件微不足道的小事竟把他搞得如此狼狈不堪。

如果老伴儿还活着,绝不能让海霞这样控制他,也绝不允许海霞无法无天任性下去,她会狠狠地教训海霞说:"你不能对你爹这样。"可惜老伴儿早离开了人世。

老伴儿的病来得突然,也必然,在王家夫当上保险公司总经理的第二天,她忽然晕倒在家里,不省人事,王家夫手忙脚乱把她送到医院,检查结果是糖尿病。虽然病情来得让他措手不及,但沉下心来想想,说不定这病几年前就有了,只是他整天想着怎样夺取单位的制高点,忽视了老伴儿。

老伴儿天生是个受苦挨累的命,没办法。从医院回到家里,王家夫曾四处求医,找偏方。不管怎么劝说,老伴儿都拒绝打胰岛素。说打上那玩意儿,一辈子甩不掉。他只能继续寻讨各种偏方。有那么一段日子,王家夫所有的注意力都投入到讨偏方上，没有注意其他事项，有一天早晨起床，老伴儿忽然眼前蝇虫乱飞，头晕目眩，两手扶向墙壁，又当场人事不省。叫来救护车，方知是脑出血。老伴儿在医院病床上躺了一个月，就这样残酷地离他而去。

老伴儿这一走，王家夫像掉了半块膀子，天也塌了一半，悔恨当初没有看护好老伴儿，并发誓今生不再娶，娶什么样女人都赶不上老伴儿。老伴儿成就了他一番事业，成就了他人生理想，成就了他在行业内的威望，别的女人再好，能赶上老伴儿吗？不能！人说中年男人三大美事，升官、发财、死老婆。可对于王家夫来说，老伴儿的去世，就是他倒霉日子的开始。

在位的时候，王家夫身边有个叫章影慧的女人，曾担任过保险公司公关部业务经理，是他早年亲手扶植起来的中层领导。工作上的长时间接触，王家夫似乎对这个女人心仪已久，章影慧对他也似乎垂涎三尺，一来二去两人就暧昧上了。那时老伴儿身体尚好，精神头十足，对他的行为有所把持，王家夫也不敢有太多造次，只是在几次心旌摇荡中，跟章影慧有了那么几回蜻蜓点水，然后落荒而逃。章影慧见多识广，很能想得开，没有因为他的逃离和故意疏远心生嫉恨与埋怨，而是更加风姿绰约地投身风月场，搞得王家夫醋意横生，欲罢不能。

章影慧只适合当情人，不可能走进他生活，这一点王家夫再清楚不过了。可偏偏就是那个章影慧，在老伴儿去世不久，让他昏了头，尝到什么叫梅开二度。

那段日子，昏头涨脑的王家夫以为在章影慧身上找回了幸福时光，找到了错失的爱情，可章影慧毕竟不是从前的老伴儿，她在社交场上打拼多年,对男人那点心思了如指掌,王家夫一撅腚、一抬腿,她就知道他要干什么。王家夫也深谙章影慧那一套路数,她一撅屁股、一抬脚,他就能看出她要什么花招儿。俩人貌合神离在所难免。

章影慧跟王家夫在一起,没少打着他的旗号四处招摇,干了不少不为人知或广为人知的糗事。他也只能睁一只眼闭一只眼,将一件件糗事瞒天过海蒙混过关。章影慧也不枉跟他一场,她给自己的儿子在公司里找了个冠冕堂皇的差事,七大姑八大姨也安排得妥妥当当,公司里上到业务员,下到楼道清扫工,都有章影慧的亲戚如影随形,可谓牺牲她一个,幸福全家人。

万万没想到,在王家夫退休三个月后,章影慧摔碎了八只碗十个盘,砸坏了家里两块窗玻璃,然后义正辞严提出离婚。理由是,夫妻生活不和,她没见过这么又老又废物浑身散发着老人味的臭男人,厌恶至极了。

王家夫打了一辈子猎,最终被鹰叨了眼睛,倒霉透顶了。想着章影慧目光短浅,肯定也把他看浅了,她绝不会想到,刚退休的王家夫,仍然是一棵顶天立地的大树,不但枝繁叶茂,而且根植在地里的虬须盘根错节。谁都看得清,像章影慧这种浅薄之人,离去也罢,没什么值得珍惜的。

离婚后的几年,苦闷的王家夫对婚姻失去了信心,对女人彻底失望,一朝被蛇咬十年怕井绳,没有哪个女人能够真正走进他的生活。

也就在这时,他遇见了素英。素英是他从家政市场请来的保姆,陪睡又能干家务。这么多年,他曾信誓旦旦告诉自己,以后老了就进养老院,绝不找什么女人,招惹麻烦。几经考察,发现养老院不是他这种人去的地方,那里每天老人们的咳嗽、病痛的呻吟、不满的叫骂,他无论如何不能忍受。如果不是万不得已,绝不会走向那一步。

见到素英那天,王家夫一时半会儿没缓过神来,他孤寂得太久,需要一点点适应。用这样的保姆,在经济账上分得清楚,陪睡一笔费用,干家务又一笔,两项加起来,会花掉他每个月全部工资。账算在明处,总比日子长了互相扯皮强,何乐而不为?

那些日子,他对这个初来乍到的陌生保姆还是心有余悸的,想着这次招进来的会不会是第二个章影慧?为防不测,王家夫将家里的每条裤衩都缝制了一个布兜,塞进去所有存折。那些硬朗的存折整天贴着他的肉皮,饱含他的体温,跟他一往情深地度过了一个又一个甜美的黑夜。有时,存折纸角会把他从睡梦中扎醒,他迷迷糊糊伸手摸去,校正方位继续安然入睡。睡梦中的王家夫又觉得自己的家里没一处安全之处,好像章影慧随时会在一个月冷星寒的夜晚潜入他屋里,翻走所有存折,将他洗劫一空。

但事情并没有他想的那样糟糕,臆想中的章影慧始终没有潜入他的家中,素英只是对他的裤衩发出几次不可理喻的嘲笑,然后一切都轻描淡写地过去了。后来他改变了策略,每天晚上睡觉前,就把存折从裤衩中掏出来,塞到枕头里,在温暖的被窝里故意扯起素英的手,按在那空下来的布兜上,验明正身一般。素英早已识破了这点小伎俩,不屑一顾抽回手,翻身睡去。有一天早晨,她收拾床面,拽出他枕头底下的存折,像见到了不该见到的污秽之物,板起脸喊他赶快把东西拿走。王家夫只好灰头土脸收起存折,皮笑肉不笑地无话可说,也就在这时,忽然眼前灵光乍现,他看见了破旧凌乱的北阳台。

北阳台里有一口多年不用的水缸,有装过咸菜的坛坛罐罐,有添置家用电器时拆下来的纸盒箱。趁素英不备,他神不知鬼不觉地捏起存折将其装进一个信封,塞入一个咸菜坛子里,盖上塑料布,用绳系住。一个万无一失的良策形成了。可就这么刁钻的藏匿,没过几天又被素英发现,她做饭时去北阳台翻找一棵大葱,发现了他的秘密。为什么总是被素英发现?他沮丧地叫来女儿海霞,万般无奈地把所有的存折都转移到了她那里,以此了却心病,别无选择。

王家夫老伴儿去世时,海霞读大二,她看到王家夫跟章影慧苟合在一起,像见到了一对不正常的狗男女,整日睥睨,后来她坚持住在大学里,放飞了一般,节假日也见不到她的踪影。在王家夫与章影慧闹得乌烟瘴气的时候,她也是左耳听了,右耳朵冒出去,从不存留在心里。王家夫对她来说,就是每个月生活费的提供者,别的毫无关系。与章影慧关系彻底完蛋后,王家夫总想寻求亲人的温暖,这唯一的亲人无疑就是女儿海霞。为此他特意去过几次海霞读书的那个大学。海霞对他的到来,心不在焉的,也许心里还过不去那道坎儿,态度很不好地问:"你有事吗?有事快说,没事我上课去。"王家夫说:"我就是来看看你。"海霞说:"我有什么好看的,以后没事,别往我学校跑。"

海霞大学毕业,王家夫帮她找了一家银行,这份工作看起来一般,可在她同学中却产生了不小的反响,说学得好,不如有个好爹。那一阵子，海霞对王家夫看法似乎有所改变，像冬天里回来一个小暖春，王家夫看到了与女儿和好的希望，乐不可支，可那只是希望，离现实很远，参加工作的海霞仍然坚持不回家，王家夫同样整天摸不到她影儿。素英来到家里那天，他特意给海霞打去电话，告诉她家里请来了一个保姆，海霞说请就请吧，这事不用跟我说。从此她牢牢把持着他的存折，每月按时支付他费用，再无别的来往。

不来往，不等于他这次不去要存折，尽管事情想想就让人头疼。

在这个晴朗的早晨，素英摆脱了王家夫伸过来的手臂，不顾被窝里俩人残存的体味挽留，穿上了衬衣衬裤，准备翻身下床做饭。王家夫仍不死心，他伸过手再次抓向素英，素英顺着王家夫的手劲向后倒去，又回到了被窝。王家夫别无所求，他只想跟素英商量一下，如何要回存折，如何把海霞叫回家里，以此来发泄一下几天来笼罩在他内心的愤懑，让美好的思绪布满屋子里的每个角落。

二

半个月前，王家夫跟素英踏着这座城市街道上的积雪，心事重重去了一趟医院。人到了一定岁数，会不可避免地成为医院的常客，王家夫莫不如此。他领着素英挤过人群，走进诊室，对她几天来的更年期症状寻医问药。那个医生态度很好地接过素英伸出来的手臂，将几根手指落在她的腕部，进行把脉，隔了很长时间,又戴上刚刚摘下的口罩,以职业的洞察力遥望了素英的舌苔,询问几天来她的起居饮食,然后轻松地说:"没什么事,你心事不要过重。"

王家夫猫腰凑向前,支棱起耳朵想听出个子丑寅卯。既然素英没多大毛病,他也就放心了。这一放心,怀里抱着的素英大衣就拖拉到地面,素英及时提醒,王家夫才赶紧将它抱起,歉意地笑笑。大衣软软乎乎裹成一团,堆积在他的鼻孔下面,很好看,也很好闻,似乎丝丝缕缕弥漫出一股股香气,幽幽的,若有若无,温暖而亲切。王家夫如醉酒一般迷迷糊糊了。

素英对医生说了声谢谢,脸耷拉着接过大衣,冲他用力抖了抖,甩手披在身上,然后一言不发离开诊室。

王家夫纳闷地问:"医生说你心事过重,我怎么没看出来?"

素英只管往出走,没有接话。

王家夫脚步紧跟,心急地说:"我看你还是心事过重!你要有事,说出来总比憋着强!"

素英回头瞥了他一眼说:"我说出来有用吗?"

王家夫说:"只要能帮上点忙,我肯定会尽力。"

素英就放慢了脚步,说出了她儿子的事。

素英儿子上大二的时候,被一个即将毕业的上海女孩子盯上了,说是上海女孩子,其实她家住金山,只是城市发展,金山的女孩子成了正儿八经上海人。这都不重要,重要的是,那女孩子看上她儿子,缠住不放,领他到了家里,被未来的老丈母娘养得肥肥胖胖。住在了一起的情侣,免不了有一些花销,那女孩子日子过得仔细不说,还催促她儿子三天两头打来电话,向素英要钱。有好几次素英背着王家夫接听了，发现自己亲生的儿子整个思维都转向女孩子那一边儿，被洗脑了，无法扭过来。钱要的次数多了，素英苦不堪言，不得不说出了自己的难处，说干保姆不容易，让儿子再等等，等她有了钱，马上寄去。儿子不高兴了，问她什么时候有钱？眼下他们正张罗买房子，首付女方家拿了一百八十万，素英这边是否也应该表示一下！

王家夫思忖着问："你想表示多少？"

素英说："能表示多少？我二三十万都拿不出来。"

回到家里，王家夫心情也沉重了，事情既然挑明，想躲是躲不过去的，他必须有所表示。跟素英住在一起这么长时间，他们已经有了肌肤之亲，像亲人一样厮守在一起，他回避不了。但就他目前状况来讲，过去的实力已不复存在，额外的费用不会再有，最好的办法就是低下头，向女儿海霞要回存折，从里面取钱。

如果在位时，素英说出这二三十万，根本算不上事儿，那时钱来得容易，花得也轻松，假如哪天手头紧了，放出个风声，说调整公司中层领导岗位，钱立马潮水一样汹涌而来。谁都知道，在公司里，哪个部门、哪个位置能给人带来多少好处，明摆在那里，送出去的钱用不了一年半载会成倍收回来，所以很多人为了这点利益，不惜血本加以投入，真是爽啊！那时只要他手里的权力轻轻一转，就会引发一阵强大的风暴。但他还不是个狠角色，对人对事都比较宽宥，没有把人逼到走投无路的地步。他常听人说，有的公司，有的人，为了一个小官，舍出老本贷款进行"购买"，结果风向变了，贷款者闹个血本无归，令人心痛不已。

在岗位调整中，王家夫的手腕并不怎么刁钻，而且事到临头总是心慈手软，他从没因钱的事跟哪个人过不去，为难过谁。对那些不明事理的人，他也会按照规矩给他们一个适当的安排，安抚下人心，仅凭这一点，很多人对他心存愧疚，对他感恩戴德。

这天早晨，王家夫向女儿海霞要钱的计划必须付诸行动。他怀揣着这一想法，下床洗漱，穿戴整齐，顺手拉开窗帘。趁素英进厨房叮叮当当忙活的工夫，他又拎来拖布，拎来半桶水，按惯例开始了新一天的擦地劳动，这已成为他生活中不可或缺的习惯，习惯是个多么奇妙的东西。

对于这项家务劳动，半年来素英有过几次奋力抢夺，但抢来抢去，皆以失败而告终。自从素英来到家里，每次看见王家夫擦地，总以为自己的工作没做到位，表示过意不去，惭愧地跑过来进行争抢，每一次，王家夫都说这地谁擦都一样。他严格把持着拖布，挥汗如雨坚持把地擦完，这使她陷入更加难堪的境地。

王家夫擦地很仔细，也很认真，地板上有一块白纸屑，一根头发丝，他都要弯腰拾起来，指甲划过坚硬的黄花梨木地板当口，心里自然而然生起一种超乎寻常的感受，似乎身体里每个细胞都为此而舒展。想当年安装地板的时候，没赶潮流，地板一直显得老气横秋，在地板家族中算是拿不到台面的小媳妇，寒酸得不得了。即便这样，王家夫对这地板仍是呵护有加，饱含深情，每次擦地，像是完成生活中的重要仪式，庄重，而又心怀鬼胎。

素英在厨房那边忙活完了,他这边的擦拭也接近尾声。素英没给他吃面包牛奶鸡蛋,而是做的鸡蛋挂面,扑鼻香气叫他肚子有种本能的饥饿。两碗面汤汤水水端上餐桌,王家夫跟素英开始了新的一天。他的食欲很好,准备吃完早饭,立马给女儿海霞打电话,刻不容缓。

从家政市场接素英回家那天,天空蓝得一点杂质都没有,对于退休十几年的七十多岁老人来说,有点忘乎所以喜不胜收了。他与素英牵起手,像老夫少妻那样行走在鲜花盛开的林荫道上,啰啰嗦嗦畅谈着诗意盎然的废话,把章影慧那几年给他带来的伤害和痛苦,早就忘到脑后!人就是这样没皮没脸,好了伤疤忘了疼。

那天一路上,素英说她儿子从小学初中高中一直由她陪伴,自从儿子上了大学,她忙了十几年的心忽悠一下空落了,她到处找人聊天,尝试着打麻将,可每次坐在麻将桌上,脑子都不灵,手还臭,一天要输掉好几百块钱,谁都不领情。从那时起,她对麻将失去了兴趣,对任何事情提不起精神,她想出外闯一闯,觉得人闯出去了,可能会见到一片天,想不到眼前这天竟是王家夫,还一片蔚蓝。

"我一看你就不是简单的人。"她的眼睛闪烁不定,又大胆地直视着他。

"从哪儿看出来?"

"不知道,凭感觉,你是个有身份的人,像你这样的人怎么到这地方找保姆?"

"不到这里找,上哪儿找?一个人生活太难了。"王家夫掩饰不住说出自身的处境。

素英的到来，的确点燃了他生活光亮，照耀起他即将枯萎老去的心。现在他每天都有了说话的伴儿，有了与人相守的快乐。素英干活也是一把好手，她除了做饭，打扫卫生，还把王家夫多年不穿的衣服该洗的洗，该扔的扔，每天都忙忙碌碌，干得热火朝天。日子就这样按部就班向前推进，这对于一个上岁数的人来说是个多么大的福分，不可多得。

可事情并不全如他所愿，有一天晚上麻烦来了。那时王家夫看完电视，洗完脚，刷了牙，准备慵懒地钻进被窝睡觉，素英一把抓住他的胳膊，突然神经兮兮地说："哎哎，等一会儿，你先别睡，我跟你说一件事，一件重要的事。都过一个多月了，我大姨妈怎么还没来？"

王家夫心跳加速，素英这是什么意思呢？他在迷迷糊糊中极力镇定住自己。

"别装糊涂，你说我是不是有了？"

王家夫睁开一只眼，眨巴眨巴，不得不彻底清醒过来，问："有什么？"

素英摸着自己的下腹说："告诉你，我可不是开玩笑，弄不好，我怀上了。"

"怎么可能！"王家夫从被窝里坐起来，想着自己这一把年纪了，怎么会出现这种事故！如果素英怀孕，那可真是丢人现眼，他怎么面对女儿海霞，面对那些他认识与不认识的人，丢脸丢大了。

素英似乎有哭腔了，她说："我咋这么倒霉，才来几个月，竟出了这样的事。你想过没有，要是我怀孕了，小产起码休息二十一天，这事可不是闹着玩的，你得给我找个伺候月子的保姆，你自己也得找一个临时的，一天三顿饭必须按时做。"

王家夫脑袋不住发涨，要炸裂了，他心烦气躁扯起被子蒙向头，不停翻腾着身子，失眠了。不一会儿，小腹酸胀，似有尿感，需要不停地下床，趿拉不到鞋，就光脚踩向地板，嗵嗵嗵跑向卫生间。这一晚不知是怎么稀里糊涂熬了过来的，第二天枕头上还沾了一层碎发，花白的头发彻底地白了，他一夜苍老。这事就像农民种地遭遇了洪水，工人干活损坏了机器，科学家搞研究伤害了人类，都是严重的事故，不可原谅。

正当一筹莫展，事情戏剧性地忽然有了转机，第二天他在大厅里反复琢磨怎样妥善处理这件事情，将损失减少到最低程度的时候，素英忽然从卧室里跑过来说："我热，我浑身发躁，又热又躁，我这是怎么了？你把窗子打开。"

王家夫看着她，浑身猛地像漏气的气球，瘪下去，又有一股热气呼呼往出拱，那是来自他身体里的气味，不可遏制，他紧缩起肩膀努力缩回这种体味，又伸手拉合窗帘说："你盗汗了，是虚汗，明显是更年期症状，你闹人的更年期来了。"

听了他的话，素英就一个劲儿在屋地大步流星地走，绕着圈子走，嗒嗒嗒铿锵有力，她也为自己身体意想不到的征兆大喜过望，别来无恙啊。

"你没怀上，你根本不可能怀上。"王家夫颓然地说，"不带这么吓唬人啊。"

事情就这么过去了，像时光的流转，像日月更替。他没有想过，以后还会不会有更闹心的事等着他。

吃过饭，素英在餐厅里收拾桌子，王家夫准备给女儿海霞打电话了。对于他怎么张嘴，怎么能说服女儿海霞，已在心里反复酝酿好了，那就是，他要严格控制住话语权，让女儿海霞顺应着他的思路与布局，在他的感召下，顺顺当当把存折送回来，以便彼此相安无事。

心有点憋闷，抬手打开窗户，刺骨的冷气直扑面颊，王家夫赶紧将窗户的缝隙缩小一点，再小一点，最后留下两根指头大的一条缝隙。一晚上放屁、呼吸形成的二氧化碳，肯定让整个屋子里浊气滔天，必须通风，顺便也把心情通畅了。

素英来到家里第一天，曾提着鼻子用手扇动说："这屋子什么味？你身上老人味太重了，太难闻。"他想了想，自己每个星期至少洗一次澡，体味还那么重吗？他从腰带里拽出内衣，凑近鼻孔，左嗅右嗅，始终没嗅出什么气味。老人味究竟是怎样一个味道？酸的，臭的，馊的？还是又酸又臭又馊，不酸不臭又不馊？王家夫试探着从素英那里寻找到答案，却始终得不到明确的答复，她的态度，又分明给了他所有答复。

窗户玻璃上挂满了霜花，很好看，也很刺眼。在这数九寒天的天气里，屋子里温暖如春，人的心情自然与以往不同。王家夫给女儿海霞拨出电话了，他的声调无比柔和，充满了仁慈的父爱，而且是压低了嗓音，带着苍老的男中音轻声轻语跟女儿海霞说话了，他问："是海霞吗？你很长时间没回来了，整天忙些什么？"

海霞那边气喘吁吁，寒风吹打的声音时断时续，她大声回答道："我在山上滑雪，有事吗？快说。"

王家夫说："外面天寒地冻，多穿衣服，手脚捂严实了。"

海霞说:"这个不用你管,有话直说。"

王家夫说:"滑完雪回来,到我这来一趟,我有话要说,对了,别忘了把我那些存折带上。"

海霞说:"这个月生活费都给你了。"

王家夫说:"我知道,可我有事要办。"

海霞说:"额外支出是吧?"

王家夫说:"你听我解释。"

海霞说:"我没工夫听,电话挂了吧,我这边忙着呢!"

三

王家夫脑子乱了,乱得一塌糊涂,一整天没缓过来。他花了几天时间精心策划的事情,就这么被女儿海霞轻易地击碎了。整整一天,他足不出户闷头思索,心像系上了一个死结,打不开了。晚饭后,素英劝他不要想海霞那边的事,一切都顺其自然。"实在想不开就到外面散步吧,饭后走一走,能活九十九;饭后走百步,不用进药铺。说不定这一走,思路就开了,会有更好的办法出来。"素英一边收拾碗筷一边说。

现在,他脑子的确被女儿海霞的话撞击得有些不好使了,木木的,什么事一时半会儿反应不过来。他默默穿上保暖外衣,木偶一样。素英也穿上了棉衣,俩人出门。

来到楼下小区里,王家夫跟素英手挽着手,一圈两圈三圈地在冰天雪地里转悠,愁肠百结的。他们走得很慢,步子也很单调,王家夫在这单调的步伐中,思绪漫无边际地飘飞了——

凭自己这般年龄，他找到素英这样的保姆，不是一件容易的事，如果不出什么意外，以后他会跟素英长久厮守在一起，直到自己倒在床上那一天。那一天很快会到来，素英年轻，比他小，他需要照顾，需要心神安定。这也是他向海霞要回存折，从里面取钱的不竭动力。没办法，只能这样。

外面虽然有些冷，但出来的感觉比在屋里好多了。他看着素英嘴里喷出的冰冷白气，慢慢往前踱步，继续愁肠百结。素英刚来时，她经常去小区外面广场跳舞，每次回来，全身都是热气蒸腾，人兴奋得不得了。王家夫的生活习惯是有事没事都猫在家里，腻腻歪歪看电视，看得抽筋拔骨很是无聊。现在，他跟素英出来了，在小区里走一会儿，感觉真的是好。他们不知不觉走出小区院门，来到离小区不远的文化广场，停下脚步观望，夜晚的广场，灯火通明，大多数人是吃饱了撑的出来剔牙、消化食。到处是打羽毛球、踢毽子、跳大绳的人群，好一派歌舞升平。

广场舞设在广场中央，那是一群上年岁人的集体狂欢。巨大的音响嗡鸣，人流从四处不断往里涌入，里三层外三层围拢过来。素英对这样的场面熟门熟路，只见她几步钻到人群前面，随之身姿轻盈了，跟着音乐轻轻扭动起腰肢，摇摆，又摇摆。为防止被人冲散，她又想扯起王家夫手，准备加入那队伍里，可在这混乱的人群中，她盲目地抓住了一个陌生人的手，忽然感觉不对，特意回头看了一眼，果然抓错手了，她尴尬地拉起王家夫，带他进入那跳舞的队伍里。

王家夫就这么半推半就坠入这群魔乱舞的队伍，有点儿为老不尊了。不一会儿，他四肢僵硬、磕磕绊绊的毛病尽显无遗，但还能顺应着素英步伐跳下来，几分钟工夫，额头前胸后背全是汗，嗓子眼儿也冒起了火，想偷偷停下来，见素英抻胳膊撂腿跳得正欢，没有一点停下来的意思，他只好硬着头皮迎合，避免让人家扫兴。

素英舞跳得实在是好，连那干瘪的屁股也能扭动出蛊惑人心的魔力，看来她有跳舞的底子，王家夫与之相差甚远，他强忍着难受与不自在，努力坚持，再坚持，没过两分钟，气力不够用了，必须停下来。他无奈地制止住自己笨拙的身子，溜到一边，弯腰驼背钻进看热闹的人群里，抬手擦掉脸颊不断蒸腾的热汗。

汗还没擦干，素英竟没影了，也许天太黑，他怎么也看不见素英。王家夫抻脖子瞪眼，眼巴巴进行寻找，总算看见影影绰绰的素英了，心又猛地提了起来，素英正跟一个什么人黏腻在一起。那人是个小白脸，说是小白脸，年龄不小了，怎么也五十开外，从模样上看不像个粗人。但人不可貌相，说不定这种人更危险。有句老话说，树怕摇，女怕撩，这样下去，素英非被撩毛了不可。王家夫的心空落了，嗓子眼生出刺痒的毛楂儿，难受无比。他怎么也无法安心当一名忠实的观众了，三下两下拨开阻挡的人群，大踏步直奔那跳舞的队伍，对俩人行为进行严厉的干涉。

板着脸的王家夫，怒气冲冲，义愤填膺，但这态度没有起到应有的震慑作用，只见素英笑盈盈随着惯性舞动着手脚，躲闪着身子说："你身上的味太大了，赶快回去洗个澡！"

王家夫缩了缩肩膀，想缩回素英所说的气味，仍强硬地说："你不走，我就不走。"

素英说："你这个人咋这么犟呢？"

王家夫说："我就这么犟！"

素英扯起小白脸子衣袖口说："认识一下吧。"

"我认识他有屁用。"王家夫一点也不给他们面子。

素英吧嗒一下撂下脸，甩掉与小白脸拉扯的手，看也不看王家夫，气急败坏奔出舞池，撞开围观的人群，甩动的脚步如安了个风火轮，飞快离开。王家夫怎么急速奔走，也撵不上这风一样刮走的女人。

素英的舞瘾恶魔一样被勾出来，又勾搭上了一个小白脸，一切超出他的想象，世界变化真是如此之快啊。

回到家里，王家夫气呼呼脱掉外衣，沉起脸，什么话也说不出来。沉闷了一阵儿，素英郑重其事地发声了："咱俩分手吧，我不想干陪睡这一行。"

王家夫心一凛，扭头看向素英，嘴磕磕巴巴了，他应变道："我知道你因为你儿子事闹心，可你不能用跳舞麻醉自己。"

"别不好意思，你要是下不了决心，我主动撤离。"

王家夫努力控制着情绪，清了清嗓子说："跳舞是个很好的运动，只是，只是……"

"只是跟你一个人跳吗？你看你那样儿，能跳起来吗？"素英快言快语，不给王家夫一点反驳的机会。

王家夫说："我看那小子不像好人。"

素英说："那你像好人吗？"

听着这话，王家夫简直要火冒三丈，他愤怒地说："你怎么能这样跟我说话？你这是什么态度！"

素英也顶着火气往前冲了，她说："你不要以为我是雇来的保姆，就可以随便限制，你看我不顺眼，我立马走人。"

王家夫说："翻天了，真翻天了，你现在就给我离开。"

素英说："好，你别后悔。"

王家夫说："坐下，别动。"

本来心平气和出了一趟家门，到外面走走，想不到惹出这种事来，闹心了。素英也真是到了更年期，犯起了神经，对他的反击太强烈。王家夫告诉自己冷静，必须冷静，小不忍则乱大谋啊！素英这种态度，除了因为跳舞，除了赌气，也许还有着他不为所知的隐情。

冷静下来的王家夫找来拖布开始擦地了。擦地能转移注意力，能消解心中的块垒，更重要的是，能对地板有一个精神振奋的检阅。他擦地动作很是严谨，不放过一片纸屑、一根头发丝。地很快擦完了，直起腰，深深呼出一口气，他要重新跟素英交涉，交涉的结果是，王家夫准许素英每天晚上出去跳广场舞，但在时间上对她有个规定，一个小时，最多不能超过两个小时。另外跟那小白脸子要保持距离，不能跟人家有事没事闲搭话撩骚，女人在这方面很吃亏的。

素英说："怎么吃亏了，吃什么亏了？说不定谁吃亏呢，你操哪门子心！"

第二天素英又出门了，跟以前比，有过之而无不及，她对服装开始挑三拣四，几套衣服穿了脱，脱了穿，恨不能花枝招展，流光溢彩。临出门，身上还淋上不伦不类老掉牙的古龙香水，简直是土包子开花。王家夫无声地摇晃一下脑袋，报以粲然一笑。

广场舞不知道什么时候改成了交谊舞，舞曲是邓丽君早年的歌，他们这一代人喜欢的。素英前脚出门，王家夫后脚就跟了过来，行动快捷得如同一名训练有素的特工人员。他隐蔽在观众群里，看啊看，看那小白脸还在跟素英勾搭，俩人搂在一起，胸和脸都快要贴上了，什么叫"快要"？就是贴在一起了嘛！王家夫恨不得一步冲上去，揪住小白脸后衣领，狠狠抽他两个耳光。

他告诫自己不能冲动，这一把年纪什么没见过，绝不能冲动，也没必要大惊小怪，假如真动起手来，他未必能打得过那小白脸。王家夫无声地滚动几下干涩的喉咙，以一个老者的姿态从容应对，泰然自若，又懊丧得不得了。

这天晚上回到家，王家夫很认真地抓过素英一只手，拉到沙发跟前，俩人坐下，他语重心长跟她进行一番谈话："我知道你现在处于更年期，这不是小事，是女人一生中重要的转折点。当年我老伴儿更年期时，我不懂，忽视了，结果更年期一过，她得了糖尿病，我一辈子都追悔莫及。现在女儿海霞为什么冷落我？还不是我对老伴儿照顾不周！"

素英说："不要说这些，你没必要操这么多的心。"

王家夫说："我已经同意你出去跳舞，你应该有所收敛，不能这样肆无忌惮。这两天我正千方百计从我女儿手里要存折，你不是没看到。"

素英说："没这个必要。"

王家夫问："怎么没有必要？"

素英说："别问了，我求求你！"

一件意外的事情发生了。

这天吃过早餐，素英收拾厨房。天气预报说，近日将有一场寒流席卷这个城市，气温下降十几度。窗玻璃上从昨晚开始结成的霜花，一点没有融化的迹象。王家夫蹲在卫生间里，忽听外面有门声响起，是素英往外面走廊里放一袋垃圾，还是抖掉衣服上的灰尘，他没有理会。从卫生间里出来，发现素英没在屋，他各个屋子寻找，仍没看见素英。餐桌上留下一把房门钥匙，钥匙旁边摆放着一张白纸，她可能想给王家夫写点什么，最终没有写成。白纸皱皱巴巴，上面还落下几个水滴。

她就这么不辞而别，悄无声息。

王家夫不相信这事真就发生了。等到下午，素英还没回来，屋子里冷清着，窗玻璃上的霜花继续加厚；黄昏来临，王家夫不想开灯，他让自己处在黑暗的屋子里，晚饭也没吃，他就这么一个人孤独呆坐在沙发上，脑子一片空白。

不知挨到多长时间，他起身默默穿上外衣，心情凄然地开门出去，奔赴文化广场。

他心中早有了打算，如果在文化广场见到素英，一定会冲上前去质问，你为什么会这样，为什么？

但一切都不是他想象的那样，王家夫在文化场转了好几圈，在乱哄哄跳舞的人群中寻觅多时，仍然不见素英的影子。

天黑下来，路边的灯光也打不起精神。王家夫在广场上遛了几个来回，情绪黯然，又深一脚浅一脚地踩进了雪坑，两鞋沾满了雪，他不得不反身往家里走，一路上，他对素英出走进行种种分析，最终的结果是，素英是他面前一道解不开的谜。

决定第二天奔赴家政市场，素英如果去那里重新寻找工作，他一定能遇见她，他只要看到她，就让她把话说清楚，你为什么会这样？为什么？

寒流来临了，第二天一早，王家夫身上添加了一件羊绒衫，走出家门，乘上公交车，晃晃悠悠来到了家政市场，抱着最后的一线希望走向眼前密集穿行的人流。

入冬以来几场雪，早已滤掉了城市的尘埃，覆盖在灰突突的大地上，寒流虽然有些凛冽，但阳光尚好，晴朗的天空一片瓦蓝。王家夫迈步进入了家政市场大厅，在室内角角落落一趟趟行走，端详起每一个形迹可疑的人影，始终无果。他就这么游逛，心无着落。整个一上午也没有见素英的踪影。

到了中午吃饭时间，卖盒饭的人背着箱子走进家政市场大厅，人们吵吵嚷嚷围拢上去，买上各式各样盒饭。王家夫也凑上去买来一份，找一个墙角蹲下来，先填饱肚子再说。他所有的行为动作连自己都感觉可怜。有什么办法呢？盒饭吃完了，他有一搭无一搭看着市场大厅熙来攘往的人流，眼皮一个劲儿往一起粘黏，有点困，接连打了两个哈欠，泪水都挤出来了，他还是不想这么早回家。说不定他一离开，素英的身影就会从哪个犄角旮旯冒出来，比狐狸还狡黠。

下午仍一无所获。这一天，他想明白了，一切随缘，素英走就走吧，他不想找了。他对她什么也不想说，也不想问了。人不可能在一根绳上吊死，市场里有这么多人，他看上哪个，可以重新选择，不为此所束缚。

到底被素英一叶障目，在那些寻找工作的人群里，他左挑右选没看上一个值得下决心领走的人。天很快黑了，人流明显渐少，王家夫随着最后一拨人走出家政市场，听到身后卷帘门咣当落下了，随即他的后脊骨掀起一股凄凉的风，猛扑过来。

明天还要继续来，必须来，早点来，只要大门一打开，他就进去。

四

王家夫每天都去家政市场，这已成他必修的功课。吃过早饭，掐算着时间，他急急忙忙走出家门，像从前上班一样守时。每当这时，他身上都有一种无可名状的动力，像听从某种召唤。到了家政市场，他第一个踏进大厅，混迹在那些灰头土脸的人当中，感觉到自己的弱小，弱小得很快被人群湮没。现在谁都看不出他是个寒酸的老头儿，还是深藏不露的富翁，更看不出他曾是统领上千号人马叱咤风云的人物。

在这里待的时间长了，王家夫发现一个规律，有些打工者整天在人流中转悠，就是找不到工作。这帮人很是挑剔，没多大油水又不少吃苦的事，宁肯闲着也不干。他看她们脸都熟了，他们自然也都记住了他。偶尔门外进来一个新面孔，没等王家夫走过去打听，那新面孔就被人盯了上，谈了几句话，很快成交。看到那情景，王家夫心里一个劲儿惋惜，又无可奈何，自己毕竟上了年纪，反应慢，腿脚和脑袋都赶不上那些年轻人，他能看上眼的人，别人也看上，轮不上他下手。一个星期过去，王家夫两手空空，眼睁睁找不到一个保姆。

必须改变策略。

再次出门，他翻出家里北阳台的一个纸盒箱，拍打掉灰尘，撕出一个方块，找出毛笔和黑墨水，凭着以前练过毛笔字的功夫，按照事先的设想写了一个广告牌：

本人招聘陪睡全职保姆，要求人品好，勤劳能干，可托付终身，无跳舞、吸烟等不良嗜好，价格面议。

他拎着广告牌，胳膊夹着塑料泡沫坐垫，心事重重乘上公交车，面对着室外的寒冷，他早已习以为常无所畏惧了。到了家政市场，他不再进入大厅，而是选择门口一个阳光较好的位置，放下塑料泡沫坐垫，屈身坐下来，广告牌立在膝盖处，像招揽生意一样，不管什么人过来，都能看得清清楚楚，也顺便把他这个人看了。

已经坐了十多分钟，没人过来搭讪，天空依然晴朗，阳光温暖地照在他身上，偶尔有人对广告感兴趣，也只是看了一眼，表情古怪地匆忙离开。这时，从暗影里走过来一个嘴唇抹得通红的半老徐娘，王家夫发现自从他坐在门口那一刻起，她就在远处盯着自己，那半老徐娘头发黑得与实际年龄很不相符，一看就是刚染上去的，脸上的白粉搽得太多，堆积在纵横交错的沟壑里，快要断裂掉下渣来。这么多天在家政市场走动，王家夫早就注意到了这个人，这会儿，那半老徐娘见没人前来与他搭话，凑过来小声问："陪睡按次数算，还是按天数？"王家夫听着有点蒙，他没想过这么细致的问题。

那半老徐娘见王家夫不开口，大开嗓门说道："抠门儿，就别想这么多好事了。"一拧腰，甩开愤怒的脚步，湮没在人群里。

王家夫心里一阵阵不自在，难堪了，他抬头看着她的背影，知道自己在她眼里就是一个沦落得不成样子的老头儿，很是悲惨。也许是命运本该如此，让他在寻找保姆的事情上栽个跟头，经历艰难。艰难对于年轻人也许是一笔财富，可对于一个七十岁的老人，绝不是什么好事，说严重点，简直就是灭顶之灾。

其实，王家夫的人生就是从认识艰难开始的。小时候，父亲在沙场劳动的场景，始终印刻在他心里，成为一生难以抹去的记忆。那时，父亲每天跟着一大帮工人挥汗如雨把一锹锹沙子装进独轮手推车，送向离沙场不远的铁道线上。铁道线停放着两节车厢，黑乎乎的像两间长方形大房子。沙子装满车厢，有火车头驶来，拉走两节车厢，不多时，又拉来两节空车厢，工人们继续往车厢里装沙子。车厢与地面之间搭着一块长长的木板，父亲推着装满沙子的独轮手推车，来到那长长木板跟前，猛然踩踏上去，一阵山呼海啸般地用力，冲到车厢里，扬手连车带沙子掀过去。

有一次，王家夫跑到父亲干活的工地，看着父亲累得不成样子，趁父亲坐地沙地上抽烟休息的工夫，不声不响把那独轮手推车装上沙子，学着父亲的样子推起来。那车沙子太沉，根本推不动，用力，车子摔倒了，坐在地上的父亲懒得起身，但还是咬牙起来了，帮他搬起车子，王家夫就继续推，没走几步，车子又倒了，父亲又过来帮他搬起。王家夫推着独轮手推车来到那车厢跟前，怎么也推不上那块木板，沙子扣在了地上，记账员不予理睬，王家夫据理力争，再推来两个半车沙子，用铁锹扬进车厢，逼着记账员在父亲的名卜记上一笔。

那个年代，工人们推一车沙子挣三分钱。沙子推进车厢，记账员会从屁股后抽出记账本,眯起眼在本子上加上一笔横杠或者竖杠。紧挨着每个人名字后面是一个个"正"字,一个"正"五车沙子,每个人一天推多少车,那上面记得清清楚楚。到了晚上,大家都推不动了,身子像散了架,歪倒在地上听记账人念自己名字后面有几个"正"字,然后伸手接过一天的工钱,回家。

有一天,王家夫拿着母亲装好的饭盒给父亲送午饭,他刚到沙场,天稀稀拉拉掉下大粒的雨滴,紧接着瓢泼大雨伴着狂风怒吼,倾盆而下,天地浇冒了烟,父亲赶紧拽起王家夫蹦跳着钻进车厢下面。那车厢立在车轨上,厢底与地面留出好大一个空当,人坐在里面,头刚好顶在厢底。突如其来的暴雨,将其他工人连同那个记账员,也丢盔弃甲赶了进来。四周一片汪洋,积水掀起密麻麻的水泡,像家里灶台大锅熬的稀粥,鼓起破灭,鼓起破灭。王家夫牙齿打战,浑身不住哆嗦。他就那样跟着父亲脸对脸坐在铁轨枕木上,近距离看向蓬头垢面的父亲。父亲扯起前衣襟,胡乱擦了一把脸上的泥水,掀开饭盒,里面现出两只苞米面窝窝头和一只咸菜疙瘩。父亲用满是沙尘的手攥出一个窝窝头,啃噬着咸菜,吃得腮帮子一鼓一鼓。父亲饿了,吃了好大一会儿才放慢速度,一抻脖顺下嘴里一口窝窝头说:"看爹苦,是吧?要想不苦就得当官,你看那个记账的,整天拿个小本本记来记去,挣的比你爹多好几倍。"在父亲眼里,那个记账员是天下最大的官,他手中的权力足以主宰挖沙工人一天的命运。父亲没想过,当年他一句漫不经心的说话,触发少年王家夫怎样一种心思,在以后的日子里,王家夫所有的挣扎与努力,似乎都来自父亲那不经意的表达。

车厢外面的水泡开始稀稀落落，雨停了，父亲吃掉了两个窝窝头和一只咸菜疙瘩，扣上空饭盒盖，递给王家夫，头也没回从车厢下面钻出去，他要继续干活。王家夫在回家的路上想着父亲的样子，心里一个劲儿埋怨着母亲为什么不给父亲吃点带油星的菜？有一只咸鸭蛋也好。

王家夫就是这样看着父亲的艰难慢慢长大，后来他作为知青离开父母走向社会，落户在一个叫五棵树的村子里，那时，下放到农村的知青，要想抽回到城里不是件很容易的事，可就是这样不容易的事，却被王家夫一举攻破，他得到了一个去省财贸学校读书的名额。作为挖沙工人的儿子，命运好像不会让他摊上这种好事，可他在所有人眼里都是个吃苦耐劳、踏实能干的好青年，好事会自然落在他头上。读书三年，不知有多少个日日夜夜，王家夫想着这座省城街上奔跑着大解放汽车，想着这里的人们脚上的布鞋永远踩不到泥水，再想着这里青年过长的喇叭裤扫荡路面那份潇洒，他眼界大开，默默告诉自己，毕业后无论如何一定要留在省城。

这段人生经历，从前他跟老伴儿说过，跟章影慧讲过，后来也跟素英讲过。他发现她们对自己所讲全都不感兴趣。没有谁会分享他的感受，虽然他为自己的抉择时常感动和自豪，虽然他时常深陷在往日的慨叹中久久不能自拔。

后来他如愿以偿留在了省城，进入了保险公司。工作头十年，业绩平平，看不出他与别人有多大区别，而且不显山露水。但他看到了公司里一次又一次潮起潮落，看到太多人的苟且与磊落，失败与成功，渐渐开启了心智，他向着自己心中潜藏的目标奋勇冲刺了。仕途上总会是一波三折，还需要有一种等待时间煎熬的耐力，但这与当年父亲的艰难相比算得了什么呢？每次困难来临，王家夫都紧咬牙关，坚强地挺住，挺过去了眼前就是一片胜利的曙光。他是个让人喜欢、给人舒服感的人，每个与他共事的人都视他为知己。对于他这样的人，谁都不会看不出眉眼高低前来找麻烦，大家都指望他日后发迹，把恩泽惠及在自己身上。所以，每到他人生的关键时刻，公司里总有一盏盏绿灯为他敞敞亮亮打开，他一往无前，所向披靡。可是，就在他人生步入最为辉煌的时刻，公司改革，人事出现变动，一把手调走，原有的人事格局完全打破，人与人的关系面临重新洗牌，王家夫所有的努力将功亏一篑。正当有人要看他热闹的时候，新任领导来了，新的格局很快建立。谁都没有想到，王家夫又成了新领导的核心人物。是的，不管任何领导如何调来调去，不管单位如何风云变幻，王家夫始终顶天立地，终于有一天，他稳稳当当登上了总经理的宝座，人生的制高点，被他牢牢抢占了。

五

　　王家夫不知不觉在阳光下睡着了。睁开眼，家政市场四周人流比刚才少了很多。原来又到了中午。他感觉鼻孔有些酸，有些痒，正寻思着，忍不住打了个响亮的喷嚏。他可是戴着棉帽子、穿着厚重的羽绒服睡着的，怎么会冻着呢？毕竟是冬天，寒流还没过去。王家夫抽了抽酸痒的鼻孔，拎起广告牌起身，腰弯得直不起来了，腿也麻木得不听使唤，他拖着僵硬的身子，强挺着前往公交车站,必须回家。

坐在晃晃悠悠的公交车里,头有点迷糊,还困,正要合眼,街面忽然传来了一阵儿高吼,他打起精神,端正了坐姿,支棱起耳朵,心酸得眼泪快要涌出来了。

> 千万里我追寻着你
> 可是你却并不在意
> 你不像是在我梦里
> 在梦里你是我的唯一
> ……
> 问自己是否离得开你
> 我今生看来注定要独行
> 热情已被你耗尽
> 我已经变得不再是我
> 可是你却依然是你
> ……

这歌很契合他的心意,把诸多往事给勾引出来了。好在公交车向前行驶,那高吼渐行渐远,如一阵儿风刮过,如一片雪花落在地面,最后了无痕迹,一点也听不到了。

迷迷糊糊回到自家小区院里,慢慢挪动着迟缓的脚步,感受着周围行色匆匆的路人。没人注意到他,注意他在外面奔波了多长时间,也没人关心他现在身体是否有什么不良状况。所有人都有自己的事,他像那些很容易被忽略的老人,弯腰驼背行走在小区里。慢慢站下来,很希望那些人跟他打一声招呼,说一句嘘寒问暖的话，没有。那些人对他视而不见，他不能自讨没趣。老远看见一个女人头上围着厚厚的围巾，抱着一棵棵冻白菜铺展在地上，那些白菜冻透了，上面挂满了冰碴，那女人一下下把冰碴磕掉，直起身来，走路的姿势竟然像素英，怎么会像素英？王家夫在心里狠狠呵斥住自己，不要发贱，不要胡思乱想，现在他怎么看谁都像素英了？素英在身边的时候，他没觉得怎样，她一旦离开，他脑里时不时想她了，真是不可思议。那女人可能干了很长时间的活，脸冻红了，手指被冰碴浸湿了，还有些僵硬。王家夫走近跟前，她忽然抬头，那姿态，那神态，真是素英呢。王家夫瞠目结舌了，全身的血液都冲上了头顶，快要迸出来，他说："你没离开这里？"

素英没看他，或者她早就看见他了，现在她故意不看，只顾低头搬起一棵冻白菜，在地上重新摆好，头也不回地说："我为什么要离开？"

王家夫说："你这是何苦，你为什么跑出来受这洋罪？"

素英说："我的事不用你管。"

王家夫说："你这是什么话，你心里有疙瘩，可以当面说，为什么要这样？"

素英说："不这样，哪样？我怕说出来，吓你一跳。"

王家夫："还是回我那儿吧，有些事咱们可以慢慢解决。"

素英不再回应。

到了家里，王家夫疲惫地坐在沙发上，他想不明白素英为什么宁可受这苦，也要离他而去，真就想不明白。鼻孔流起了清鼻涕，到底是冻着了，嗓子还燃起了火，火苗一个劲儿往上蹿，他手拄茶几想给杯子倒一口水，拎起暖瓶，里面是空的，他无奈地重新返回沙发，迷迷糊糊中，感觉有人敲房门，他挣扎几次想起身看看是怎么回事，可始终没有站起来。

到了晚上清鼻涕不流了，开始鼻塞，左鼻孔透不过气来，偏头疼，浑身发冷。接着鼻塞又转移到右鼻孔，也透不过气来，骨头节也疼上了，彻底感冒了。必须给女儿海霞打个电话，或者跟什么人取得联系，不可硬挺。王家夫拿起电话，他的手抖，身子也跟着抖，一种不好的感觉出来了。这个岁数摊上感冒是要命的，要是被老天爷收去可就惨了，必须赶快找人，耽搁不得。

没等拨出电话，外面的房门又响了，响得那么及时，恰到好处，天无绝人之路啊，只要有人知道自己病了，即便睡一宿觉死在床上，也不会死得不明不白。王家夫忍受着全身的酸痛，两臂支撑起身，颤颤巍巍站起来，挪动脚步来到门口，打开房门，禁不住眉头紧蹙。原来是素英，她怀里抱着保温饭盒站在屋外。

"你怎么来了？"

"我怎么不能来？"

"你不想甩掉我了？"

"别说没用的，快把饭吃上。"

最终还是素英送他去了医院，一颗心托底了。王家夫躺在医院走廊临时搭就的折叠床上，打上吊瓶，感觉身子好受一些了，能打起精神。床对面是个单独的病房，里面住着一个老太太，到了半夜，她的女儿实在守不下去，请来一个女护工，然后打着哈欠疲惫地离开。那老太太可能患有老年痴呆，女儿一走，她的手便不停地机械活动，护工见此，训练有素找来两根布条，将老太太的手分别捆绑在床两边横栏上，自己展开折叠床，铺上被子，刚躺上，发现老太太两腿蹬踹起被子，便起身大骂，骂得王家夫心惊肉跳，也把老太太骂老实了。王家夫眼睁睁盯着护工，想人到了这一步可真不容易，连猪狗都不如。所幸的是，自己还没到那一步，素英也没在他病倒的时候对他使用这种态度，庆幸吧。护工发现王家夫看自己，走到门口莞尔一笑，露出和蔼的面孔说："这老东西一点不让人省心，对不起啊，影响您了吧！"随手轻轻关上了门。

第二天早上，素英从医院食堂打来两碗小米粥、两个鸡蛋、两个馒头，还有一点咸菜，早饭就在医院吃了。吃过饭，医院的人也多了起来，素英挽着王家夫的胳膊，在医院走廊慢慢溜达，活动活动身子，等室外阳光充足时再回家。

王家夫的确缓过来了，昨晚那一宿像做了一场梦，转眼就到了第二天。经历了这场病痛，他的心志也跟从前大不相同，想着这个世界上每个人都不容易，说不上什么时候会遇到难处，他没必要事事较真儿，刨根问底。

王家夫说："来一趟医院不容易，挂个号吧，找医生给你看看，调理调理。"

素英说："更年期不算什么，只是我不想干陪睡这行。你不知道我多么讨厌陪睡。在你之前我干过陪睡，结果怀上了，那老东西一分钱不给，我一气之下砸了他家屋子，所有能砸的东西都砸了，要不是为了想多挣些钱，我干吗陪睡？我受不了陪睡，特别是跟身上有老人味的人睡在一起。"

王家夫顺应着点头说："理解，非常理解，你不会是因为这点事，才离开我吧。"

素英说："你说得对，我当然不只是因为这点事。"

走出医院，王家夫很想跟素英嘘寒问暖，可所有的话移到嘴边，都显得虚情假意，不真实，还是不说为好。

眼前不知怎么竟出现了鲜花店，王家夫奇怪又惊喜，他停下脚步，抻起脖子往鲜花店看，看那一束束康乃馨、紫罗兰、郁金香，还有红玫瑰，心情有些别样了。年轻的时候，他就是用一束玫瑰搞定了老伴儿，老伴儿真是单纯，她看到王家夫送来一捧玫瑰，以为他送来了一颗心，便以身相许了。后来呢，这东西没有人相信了，他对其也视而不见。

这天上午，鲜花店就这么醒目地映在他的眼前。王家夫蠢蠢欲动，决定走进店里，买上一束花，拿回去冲冲家里的浊气，冲掉屋里到处散发的老人味。他大步流星钻进去了，不由分说捧起一束玫瑰，也没打听什么价钱，交上款走出花店，对站在门口的素英说："这花有理气解郁、活血散瘀之功效，用于肝脾不和、月经不调……往后晚上你就别出去跳那舞了，别看我年岁大，也懂浪漫。"

手里有了花，心也笑开了花，这说明他的心不老，往后，他必须让生活飘起花香，让他的家里满屋春色生机盎然。

到了家里，他去北阳台找花瓶，找来找去，最后翻出两只啤酒瓶子。这东西可替代花瓶，他拿着啤酒瓶到卫生间冲掉上面的灰尘，刷去商标，往瓶里灌了水，拎起来左瞧右看。终归是上了岁数，啤酒瓶也能当花瓶，不怕丢人现眼了。将玫瑰分成两束，分别插进啤酒瓶里，放到前面窗台上。花是有生命的，有感情的，是懂得知恩图报的，你怎样对待它，它就会怎样对待你。这样想着，王家夫惊喜地发现，自己这般年龄对花还这般喜爱，这般情有独钟，可见自己未来的日子还长着呢，他一定要好好活着，好好珍惜自己，别辜负了这次重生。

蓦然抬头看向对面，发现这两瓶玫瑰花与对面楼窗台上的玫瑰遥相呼应，楼与楼间距太近了，好像不足三十米，平时那边谁家两口儿打架、训斥孩子，这边听得真真切切，现在他怎么也不会想到，正对他的那户人家窗口，站着他咬牙切齿仇恨的小白脸。

六

素英回到了他这里，回来就好，他愉快地接纳了她，不计前嫌。

奇怪的是，素英这次回来，不去跳广场舞，不跟他闹情绪了。她每天除了干些家务，都老老实实待在家里，连电视都不看。

她就这么安静下来，少言寡语，也许她儿子又打电话，或者还有他不知道的原因。看着素英无声坐在那里，王家夫来到她跟前，拍拍她的手背说："你说点什么吧，女人天生就是话多的动物，一天不说上两万句，会憋坏的。"说着，他忍不住咯咯乐了，素英看着他，像看一个陌生人，仍不吱声，王家夫让她穿上厚实的棉衣，他要领她到外面转转，也许像她说的那样，到了外面心情会有所改变。

素英无声地起身，从衣柜里翻找棉衣，她这是默许了王家夫的建议。俩人穿戴完毕，很快出门了。

夜晚的空气还是那么凛冽，地上残留的白雪辉映着灯光，把天空反射得如同白昼，好亮啊！王家夫只觉得，这时如果素英愿意，她跳舞也行，只是别再沉闷，别再郁郁寡欢。

广场上没有人跳舞，连打羽毛球、踢毽、跳大绳的人也没了。这样的大冷天，所有人都猫在家里不愿意出门，难得广场有这么清静。王家夫挽着素英胳膊走了一圈又一圈，孤单得很，他没话找话地问："今天你闻闻我身上，是不是有玫瑰的味道？"

素英转头瞅了他一眼，撇撇嘴说："我知道你抹香水了，其实你身上所有的气味都来自嘴里，你有严重的口臭！"

王家夫无心辩驳，他紧紧闭住了嘴巴，从鼻孔喷出两条热气来。

前面有人了，显然那人也在散步，王家夫警觉地看过去，趁机搭话道："今天广场怎么了？"

那人亮起公鸭嗓说："你不知道哇？"

"怎么了？"

"出事了！"

"什么事？"

"头几天，那帮跳舞的，跟两个甩鞭子的争地盘打起来了，血光四溅啊，吓死宝宝了！跳舞的吃了大亏，有两个女人被打成了血葫芦，毁容了，公安的都来了，把两伙人带走的带走，驱散的驱散。"

王家夫身子不住发紧，手心汗都出来了，他使劲捏了一下素英的手，说："看来不是天气原因。"他庆幸素英前几天没来跳舞，不然她卷进去，被人打个满脸花，可就惨了。真是不幸中的万幸。王家夫又悄悄捏了一把素英的手说，"听见了吧？

打起来了，我对你进行了及时的制止，是多大的爱护。"

素英说："咱们回家吧，我冷。"

素英还在为自己解不开的心事闷闷不乐，王家夫不想多问，如果他知道得太多，能帮助解决还好，解决不了，只能是自讨苦吃。素英儿子的事已经够让他闹心的了，向女儿海霞索要存折还没着落，他不想再有多余的闹心。俩人就这么走在回家的路上，素英嘴里喷射的白色气体，忽长忽短，在灯光照射中急促飘散着。走了这么一段路，王家夫的心像吊着一块大石头，不住地下坠，他预感素英有更多的话憋在肚子里。这么一想，他身上的气味又冒出来了，从脖领处，热烘烘直扑他的嘴巴和鼻孔，缭绕在他的周围。王家夫赶紧缩起手脚，想努力将那气味缩回去，费了好大的劲儿，终于缩回去了，他尴尬地稳了稳心神，想着自己当初千错万错，不该将存折转移到女儿海霞手里，受制于人了。天空渐渐飘起了雪花，飘得黏黏腻腻、铺天盖地，他的心怅然而无助。

素英真的冷了，她双手裹起外衣抱着膀子，紧缩身体，不住打着激灵，脚下的步子开始加快，小跑一样。

王家夫问："怎么冷成这样？"

素英说："我怕。"

王家夫问："你怕什么？"

素英说："不知道。"

王家夫纳闷地问："你这是怎么了？"

素英说："不知道，反正我怕。"

王家夫说："你究竟怕什么？"

素英说："别问了，求求你别问了，回去再说。"

回到家里，素英的情绪立马缓解过来，一切都安然无事了。王家夫看到插在啤酒瓶里的玫瑰耷拉起脑袋蔫了，这蔫巴巴的花枝，如同他现实的困顿，卡在了这里。他没有脱掉外衣便走到花枝跟前，掐掉坏死的绿叶和花瓣，一抬头，看见对面窗口里有一个人在屋子里架着空胳膊，与想象中搂抱的女人一圈圈大幅度旋转、跳舞呢，忽然脚底像不小心碰倒了什么，那人弯腰轻轻捧起，捧出插着玫瑰花的蓝花瓶，放到窗台上，还特意向这边瞭了一眼，注意到王家夫的张望，又随手拉合了纱帘。

七

这天晚上，王家夫决定再次向女儿海霞索要存折。他躺在床上辗转反侧不停地折腾，到了后半夜，他还在想着以什么方式要到存折更为稳妥，更为合情合理而不被拒绝。他在这种焦灼的情绪中进入了稀里糊涂的睡眠，早晨醒来感觉非常不好。

枕头上留下一夜淌下的口水，如同小孩子尿床的图案，手还有点麻，脖子僵硬，真的老了，身上的老人味够让素英嫌弃，眼下这毛病，可如何是好？

躺在床上摸起电话，忍受着身体的艰涩，小心翼翼给女儿海霞打了过去。

海霞还没起床，她懒散的漫不经心声音传了过来："干吗这一大早打电话？"

王家夫说："我想跟你商量点事。"

海霞说："又是存折吧？烦不烦人呐！"

王家夫说:"我想问问,存折上到底有多少钱?"

海霞说:"三十来万。"

王家夫问:"怎么这么点?"

海霞说:"你还想有多少?这钱光出不进,知足吧!"

王家夫说:"也是,也是,不过,我还想取钱,等着急用。"

海霞没接他的话茬,停顿了片刻,话题开始拐弯了,她说:"我给你买了五盒'金纳多',是银杏叶片的升级版,今天用快递寄过去。"

王家夫说:"都在一个城市里寄什么寄,你就不能回来一趟!"

海霞将电话挂断。

王家夫没辙了,他跟女儿海霞说事怎么这么费劲儿?没办法。他默默摇着头,思忖着近日好像做什么事都不顺,连排便也不那么顺畅,老毛病没有解决,新毛病又不断添入,这可如何是好?他手揉向肚子,坐起身,磨磨蹭蹭做一套床上八段锦,浑身上下搓热乎了,也舒坦了,起床,把自己收拾利索,不管怎样他都要振作精神,迎接新一天的生活。

新的一天他还要找来拖布,进行惯常的擦地劳动。打开卫生间水龙头,突然发现家里没有水。

素英说:"早晨做饭时就没水了,我用的是昨晚暖瓶里的水。"

幸好卫生间水桶里储存了一些清水,王家夫平时有储水的习惯。他拎起拖布,在水桶里浸湿,拎出来拧干,开始新一天的擦地了。

素英又跑过来抢夺拖布。王家夫还是死活不撒手,他左躲右闪,坚持把地擦完。屋里的角角落落都擦干净了,连任何一个纸片、一根头发丝都没放过。找来一块抹布,擦掉窗台上滴落的霜水。两只啤酒瓶里的玫瑰花已经干枯得不成样子，怎么看都不顺眼，王家夫从啤酒瓶里揪出抽筋拔骨的两束干枝，放进垃圾袋里，转身的工夫，特意看向对面楼那家窗户，不见有什么特殊的动静，但窗台上那只蓝花瓶里的玫瑰花好像又换了。

屋地那块敏感的地方，就在这时引起了王家夫的警觉，有一块地板四周缝隙明显出现了裂痕，没人撬动是不会出现这种状况的。他小心走到那块地板跟前，手拄拖把左看右看上看下看，琢磨着裂痕的新旧，感觉黄花梨木地板下面，由地板棱隔成的迷宫里的秘密被人发现了，那是封存已久的秘密，多少年来，那地板四周始终严丝合缝腻在一起，没有人触碰过——老伴儿活着的时候没有触碰，章影慧跟他生活那么长时间，也没有触碰，她们都没能发现那里的秘密。现在这秘密很可能暴露了，这与素英出走是不是有关？他太粗心大意了。

此事不可声张，不可追问，他必须若无其事静观其变。眼下，向女儿海霞要钱一事迫在眉睫，必须抓紧时间实施这一计划，早一天把钱拿到手，就能早一天安稳住素英，他的危险就减少一天。事情已到了只争朝夕时不我待的时候了，他一定要盯住海霞不放，绝不能松懈与妥协。

跟女儿海霞打电话说服不了，他就打开电脑进行沟通。海霞肯定会在敲击键盘过程中脑里有个充分思考的时间。他要让她知道，她把握着存折，控制了他的自由，绝不是聪明之举。他还要告诉她，一个懂事的女儿绝不能与自己的父亲这般抗衡，叫父亲为难。现在，不管女儿海霞怎么固执，他都要坚持不懈地说服她、感化她，以润物细无声、温水煮青蛙的方式。

王家夫在电脑旁呆坐了十几分钟,终于等来了女儿海霞。

"海霞,星期天过来一趟吧。"

"你要动用存折?"

"对,我用一笔钱,三十万。"

"你干吗用这么多?"

"这你不用管。"

"你不说,就休想得到。"

又僵持住了。王家夫缓和一下口气说:"海霞,你妈死得早,你知道这么多年我多么不容易,你可怜可怜老爸,不要为难你老爸好吗?你是个懂事的女儿!"

那边没有动静了,他与海霞的矛盾不可调和。素英已经够让他伤透脑筋,海霞这边没一点松动的余地,怎么办,怎么办?他两只手掌一个劲儿拍打着键盘,简直要火冒三丈暴跳如雷了,但转念一想,这样可不行,他必须强迫自己冷静再冷静,努力安稳下情绪。现在,他可以利用这段空余的时间打开搜索网页,转移注意力,控制住自己:

一、纸币放在家里怎样保存?

防霉变。为防霉变,纸币保存的最佳室内温度是18℃—20℃,相对湿度是50%—60%。

防虫蛀。对于长期保存的纸币,应定期翻阅。不要与报刊、书籍等纸制品放在一起,以防鼠咬。

防褪色。纸币经过较长时间保存后会有不同程度的褪色。建议大家慎用高锰酸钾稀释液清洗有污染的纸币。

二、纸币发霉了怎么办？

当发现纸币有发霉的情况，可以先用柔软的纸巾或是布条轻轻将霉点擦掉。当遇到霉变已经严重，可以先将纸币放入鲜牛奶中，再加入少许盐，浸泡一小时后取出，再用吸水纸将其吸干，最后将纸币放入空本子中，让其自然晾干，这样才不会使纸币受到第二次损害。

三、什么是老人味？

随着年龄的增长，人体新陈代谢变得缓慢，皮肤表层容易产生死皮。如果不及时清理，堆积在身体上，时间久了会产生奇怪的气味。就是俗称的"老人味"。

有些老人觉得洗完澡后皮肤干燥，洗澡的次数就减少了。这样一来，老人味会变得更浓。老人至少每周洗一次澡，洗澡时，可以用搓澡巾轻搓皮肤，还可以用些磨砂膏、食盐或者细砂糖轻轻按摩皮肤，帮助去除死皮。洗完澡，最好用凡士林油涂抹胳膊和腿等较干燥的部位。需要提醒的是，老人的贴身衣裤上也容易沉积死皮，洗澡后一定要更换。换下的衣裤最好用衣物柔顺剂浸泡一下，这样能使其柔软清香，还能减少静电，对保护皮肤有好处。

由于消化功能逐渐退化，有些老人会有口臭的困扰。老年人因为牙周疾病较多，牙齿间缝隙增大，食物碎屑容易残留其中，在口腔内经过细菌发酵后产生臭味。想去除口臭，老人要多吃蔬菜水果和粗粮，少吃大鱼大肉，忌烟酒。每餐后，可以用盐水漱口或刷牙，清除口腔异味，对保护牙齿健康很有利。戴假牙的老人最好每餐后都摘下刷洗，每晚都把它放在专业清洁水里浸泡。

八

他要出门找女儿海霞。无论如何也要强迫她从存折里取钱，绝不能对她心慈手软、放任自流。这次他是下了狠心的。

昨晚下了一场雪，屋外白茫茫一片。楼里不知哪条水管冻坏了，水龙头还是没水。简单吃了早饭，王家夫穿好外衣，走出了家门，直奔公交车站。

雪后的天气格外凛冽，也格外晴朗，天空湛蓝得有点虚幻。头顶上的树枝偶尔飘下的积雪像烟雾一样砸在了他的头上、肩头，四处飞散开来。出门前，他戴好了棉帽，系了羊绒围巾，可生硬的风还是袭击在脖颈、脸上，像密集而锋利的针尖。他小心着脚下，生怕积雪下面隐藏的狡猾冰层不小心把自己滑倒。

怎么感觉不对劲儿呢？他这么放心大胆离开家，素英会不会趁这工夫又把他的秘密翻出来。如果这样，他等于处在危险的境地。他不能让她离开半步，脱离自己的视线，必须来个回马枪，重返回家中，看看素英究竟在干什么。

他回到自家小区，钻进楼道，上楼，到了门口，歇一会儿，敲门，再敲门，屋里没有任何动静。怎么回事？他急忙从棉衣里兜摸到了钥匙，手哆哆嗦嗦有点不好使了，费了好大劲儿，才将钥匙插进锁眼。

房门打开，眼前的景象让他目瞪口呆。素英一动不动坐在地上，像当年他老伴儿两眼发黑时坐在地上一样。地板上全是水，她坐在水里，手握抹布，眼神傻呆呆地发愣。

王家夫腿软得不行，他上前一步跌坐在地板上，看着那块撬开的地板条，看着眼前地板窟窿，脑子一阵儿嗡嗡轰鸣。

素英说不出话来，肯定是因为王家夫突然返回，搞得她措手不及。地板下的秘密，隐藏了十几年的秘密，此刻正一览无余地呈现在眼前。

王家夫伸手扶素英起来，可素英身体太沉了，他如同搬一坨死肉或是一个铅块，根本扶不动。

王家夫说："你别嫌我有老人味，别嫌我口臭，我只能这样扶着你。我知道，刚才停水，你拧开水龙头忘了关闭，进里屋休息，也许累了，你还睡了一会儿，水来了你也没听见，是这么回事吧？我知道近些日子厨房下水道一直不通畅，水很快溢出了水池，你迷迷糊糊中发现水流了一地，赶紧来擦，擦着擦着就碰到了这个地方，太吓人了是吧？你现在正处于更年期，神经太脆弱了。"

素英没说话，眼睛直勾勾盯在那撬开的地板条上。

王家夫说："你觉得我虚伪，地板里有这么多钱，怎么还逼着海霞拿回存折？你觉得我很抠门儿不愿意拿出那二三十万块钱是吧？其实都不是，地板里这两百万，我压根就没觉得是我的，它只是借我的手存放在这里，无论如何我不能动。别问为什么。这么多年我为什么喜欢擦地，就是为了在擦地时能感受到这东西的存在。事情过去十几年了，那帮人早不知哪儿去了，一切都安然无事。"

素英身体有了微微的抖动。

王家夫说:"我知道你被这突如其来的东西吓坏了,是的,当初,我也吓坏了,不然我不会把这东西塞到地板下面。今天这东西大白于天下,也许是天意,是老天让你掀开这块地板。没关系,你慢慢会平复下心情,等你平复了,我们把地板全都掀开,把泡在水里的这些东西拿出来。你一定要记住,这事天知地知,你知我知,千万不能透露出一点风声,如果透露出去,我就完蛋了!我完蛋了,你也好不到哪儿去。从今天起,咱俩就是系在一条绳上的蚂蚱,听明白了吗?"

素英点点头,终于有了回应。

王家夫说:"好了,我跟你一起把地板上的水擦干净,从现在开始,一切都结束了。"

素英从地上爬起来了,她的四肢会动了,好了好了,终于好了。

王家夫说:"这就对了,不然你的样子,可把我吓坏了,吓得我好悬生出杀人灭口的念头。"

素英腿一软,又坐在地板上。

九

王家夫又和素英出外散步了。他的心情和从前大不一样了,他们共守了同一个秘密,一个心照不宣的秘密。

他们没去文化广场,只是在小区里慢慢地转悠,积雪覆盖在昏黄的路灯上,似一团团温暖的棉絮,也覆盖在他的心上。有零星的雪花在路灯的光线下相互撞击、飞舞,演奏着冬日夜晚特有的景观。王家夫挽着素英的胳膊,更为亲切了,他们走到三圈时,看见小白脸迎面走来,想躲是躲不过去了,王家夫只能硬着头皮往前挪动脚步。那小白脸见王家夫没有搭理的意思,向素英打起了招呼,素英回应了,王家夫只好也象征性地跟着点了一下头。小白脸走过去,王家夫感觉他特意回了一下头,看向自己的背影,王家夫直感到后脖颈、脊骨飕飕直冒凉风。

素英说:"他在小区外开了一家麻辣烫小吃铺,前几天我就是在他那里打工。你对他那么在意,以后我就与他杜绝来往。"

王家夫问:"你真的有这么大决心?"

素英说:"我保证。"

他们走回家里,打开房门,素英脱掉外衣,说:"为了与过去告别,咱们洗个澡吧。"

王家夫说:"告别就告别,还需要这么隆重的仪式?"

素英说:"很需要,也很必要。"

王家夫说:"我对你真不放心,虽然你决心不与他来往,可我还是担心你哪天又不辞而别。"

素英说:"不会的,请你放心好了,真就不会再有了。"

王家夫说:"但我还是不放心,我想找个绳子把咱俩连接在一起。"

素英说:"你有病吧!"

王家夫说:"你怎么说都可以,现在我就要这么做,只有与你连接在一起,晚上睡觉我才能安稳踏实。"王家夫脱掉外衣,脱掉内衣,脱光了身子,走进浴室。

冲完了淋浴出来，他手里果真攥着一团绳子，是草绿色捆绑行李的绳子，从浴室储藏柜里翻找出来的。

素英浑身簌簌发抖，她双臂抱住自己说："你别这样。"

王家夫说："你别紧张，我不会把你拴得太紧，这绳子也不光拴你，我自己也拴上，一头拴在你手腕上，另一头拴在我手腕，这样晚上睡觉谁一动，我们都能知道。"

素英说："你这么干，我们白天怎么办？白天你我也这么拴吗？"

王家夫："这绳子很长，有三四十米呢，白天我把绳子抻开，你我可以在屋里自由活动，咱俩互不影响，你如果偷偷出门，我马上会知道。"

王家夫不由分说拽起素英的胳膊，带有强制性地，他将一端绳头系在素英的手腕上，动作很轻，又是那么坚定，他说："这样的宽松度可以吧？不会把你胳膊勒得透不过血来，你手腕不会勒坏，我要多系几个死扣，一会儿再拿502胶水粘在死扣上，你别想趁我不注意偷偷解开绳子，这胶水黏合力很强，你打不开。从今天起，家里的剪子、刀具我统统收藏起来，你别想拿这些东西割断绳子。做饭时，你使用的菜刀，也必须在我严格的监控之下，不许耍滑。你知道，这样做我是不得已而为之，我多么担心你跑出去，你一旦跑出去，我该有多么危险。"

素英说："上街买菜怎么办？"

王家夫说："这很容易，把绳子收成一团，塞进袖口里，我们手挽着手，让人看着我们还恩爱呢。"

素英说："你身上怎么这么抖？抖得越来越厉害，像触了电，咋又这么凉？别冻着，脚也冰冰凉，我给你焐焐吧。"

王家夫说:"这回你想怎么样都可以。"

素英说:"我给你讲个故事吧,讲讲我的故事,你听完了,也许不会伤害我,我已经很不幸了,你不能让我再不幸。怎么说呢?我年轻的时候,长得非常漂亮。"

王家夫说:"你现在也不丑。"

素英说:"那时,我在一家公司当出纳。"

王家夫说:"这工作不错。"

素英说:"那家公司的名字叫鑫金,你知道吧?"

王家夫说:"没听说过。"

素英说:"鑫金,倒过来念是我们老板的名字,我们老板叫金鑫,一看名字就知道是有钱的主儿。"

王家夫说:"嗯,我好像听说过。"

素英说:"听我说,那时金鑫到哪儿请客喝酒都领着我,每次他在酒店里的花销都几千几万不等,厉害吧。"

"厉害。"

"那个年代,一个老板身上不可能带那么多现金,所以我这个出纳总跟在他身边。我年轻时在酒桌上喝多少酒不知道醉,加上漂亮,我给金鑫带来不少人气,很多人冲着我才跟金鑫交往。

"你脚这回热乎了吧,别急,我再给你暖暖。我要说我和金鑫的关系,就是那种关系,我明知道他是什么样的人,可我非常自信能缠住他、把握住他,我相信有我在,他不会看上哪个女人。这期间我偷偷为他做过三次流产,我以为做过三次流产,我就牢牢占有了他,我在他身边,没有任何人可替代。可我想错了,根本不是那么回事。

"那时他跟他老婆婚姻属于名存实亡,到了俩人谁也不管谁的地步,后来他们果真离了,对于有钱人,离婚不是一件容易的事,巨额的财产可能要损失多半,可他们还是离了。我以为这下有了结果,我希望金鑫为我办一场豪华的婚礼,可我错了,他一点没有娶我的意思,我跟他哭,跟他闹,可怜哀求都没用。那时他的事业如日中天,钱像水一样往里流,人狂妄得不行,没哪个女人能放在他眼里,他只想玩,玩够了再选下一个目标,女人对他来说招之即来,挥之即去,好像不招自来的都排成了长队等他。

"今晚我怎么说这么多?话匣子打开了,不说心里难受。我为什么要跟你说,因为这跟你地板里的事有关。别害怕,听我慢慢说。我发现我在他身边只是一个微不足道的女人,我暗暗下定决心,我一定要怀上他的孩子,我不会再为他做什么第四次流产。

"先别急着把脚拿走,我接着给你焐,对,就这样,别动。我怀孕概率非常高,做了三次人流后我还能怀上他的孩子,我当然没告诉他,而是下定决心一定要把这孩子生下来。几个月后我生了,生了一个儿子,就是考上上海那个大学的儿子。别笑话我,我的确有点激动,帮我拿一张纸巾,回头一伸手就拿到了,对!今晚洗澡水那么热,可你的脚咋这么凉?

"在我怀孕三个月的时候,金鑫让我陪一个神秘的人物喝酒,我肚子里怀着孩子,根本不可能答应,我只能在他们喝完酒的时候过去结账。那天晚上他们消费了十万,他是下了本钱的。没想到的是,他们从酒店出来,金鑫让我去那个人的房间,我知道是什么意思,他轻易地把我转让了,我肚子里还怀着他的孩子。

"我强硬地拒绝,让金鑫非常沮丧,他那十万块请客钱白花了。第二天他就跟我翻脸,我知道我在鑫金公司干不长,但我一定要把这个孩子生下来的,只要生下来,我就有足够的力量与他抗衡。虽然所有的较量都有可能两败俱伤,但我已横下心。

"在我生孩子的时候,预料中的事发生了,他借故把我开除。那时我在月子里不知怎么挺过来,一想到孩子生下来,我一颗心放下了,从此我会与他有着扯不断的联系,他开除我一点用也没有。

"但很多事好像老天冥冥之中在作怪,谁都无法预测,就在我儿子满月的时候,金鑫突然死了,死于一场车祸,他知道的事太多了,必须死掉。那种打击对我来说太大了,我精心设计的圈套,由于他的身亡变成打不开的死结。从此我隐瞒了儿子的身世,不对任何人讲起,包括我儿子也不知道他是怎么来到这个世上的。我唯一的愿望是让他健康地活着,让他受到良好教育,让他所有的一切都不能低于别人。我默默忍受着一切不公,到保险公司拉保险,在舞厅当陪舞女,那时我想,只要能把儿子养大,让我做什么都可以。

"好了,你脚热了,被窝也热了,我睡不着,越讲越想讲。下面的事,你肯定会大吃一惊,你知道我为什么与你不辞而别?因为,因为我发现了你地板里的东西。当时我吓坏了,想用各种办法逃避或麻醉自己,可都不管用,我只好选择不辞而别,又不知道去哪儿,在街上流浪了几个小时后,我去了他那个麻辣烫小吃铺。"

"我的事你告诉小白脸了?"

"不可能,那是你的秘密,也是我的秘密,虽然我不知道怎么处理好这件事情,但我一直守口如瓶。你身上怎么抖得这么严重?脚又凉了,我再给你焐焐。

"那些天,我对你地板里的秘密一直不死心,我总想找机会看看那里面究竟有多少钱。你知道我是多么需要钱!于是我又回来了,那天趁你离开家的时候,我撬开了那块地板,跟地上发没发水没多大关系,我伸手往里摸,摸到了一捆又一捆,我的确对这钱动起了心思。可是这些天我一想到你地板里的东西,就噩梦连连,我是不是中邪了?我宁可不要你这钱,也不想做这噩梦,太可怕了,我不想出事,不然我不会这么老老实实让你把我拴起来。从现在起,我不会要你一分钱,我发誓一分也不要,你别再给你女儿海霞打电话了,老天已经对我很不公平,我不想倒霉,我要好好活着。你身子又凉上了,怎么这么凉?"

王家夫身子痉挛着,紧缩着,他真的很冷,贴着素英的肌肤也缓不过来。此时此刻,他如同赤身裸体置身于户外,寒风吹打在他身上,吹动着他身上积攒多年的老人味,冰雪悄然来临,静静地覆盖在他身上,他每个毛孔都生出了坚硬的冰碴,眼神如死去了一般寂静。

第二天,一切都平静下来,一切都恢复平常。太阳朗照大地,大地上的冰雪正悄悄融化。王家夫听着窗外玻璃上噼噼啪啪落下的水珠,跟着素英手腕拖拉的绳子走进厨房,这回他不用去卫生间找拖布擦地了,不管地面多脏也不想擦了。他眼睁睁看着素英往锅里热了两个花卷,煮了两个鸡蛋,还烧开了半锅牛奶。他要时不时低头看向拖在地上的绳子,生怕素英在忙乱中绊住了脚，绊倒了身子。很快饭就做好了，一样一样端到餐桌上，摆好，像每天那样充满了仪式感，这时素英的手机响了，是来自客厅里的方向。她看向他，那意思是怎么办，这电话我接不接？王家夫回身走向客厅，从茶几上拿起了电话，那上面有"儿子"字样，是她儿子打来的。王家夫放心了，把电话递给她，她接听着，可能他们娘儿俩有什么不想让他知道的事情，她一边接听，一边躲避着王家夫，不知不觉退到了厨房里，轻轻关上了门。

素英接完电话，脸色很不好，情绪明显低落，她什么话也没说，像思虑过度一样，饭也不准备吃。王家夫坐在餐桌旁，拿起一枚鸡蛋磕碎皮，一点点剥开，素英又去厨房，拨打起了电话。可能刚才她跟儿子话还没说完，想起了什么，还要对儿子说。

不好的感觉就在这时产生的。电话会不会是打给别人的？说出她目前的处境，报警了。王家夫腾的一下从餐桌旁跳起，他太麻痹大意，轻信她了，他怎么能让素英随便往外打电话？电话一旦打出去，他一切努力都将前功尽弃。

王家夫扔下没有剥完皮的鸡蛋，冲进厨房，不由分说夺过素英手里的电话，用沾满碎鸡蛋壳的手狠狠地按下关闭键，然后看向那上面，是个陌生的号码。本市的号码。

王家夫说："你把我出卖了，你把我的事告诉了别人。"

他的两只手不知怎么，就如一只铁箍扣向她的脖颈，紧紧地合拢、合拢，骨节发出嘎嘎艰涩的闷响，真的狗急跳墙了。

素英奋力挣扎着，有些喘不过来气了，她痛苦地咳嗽几声，坚持说："没有。"

王家夫瞪起直勾勾的圆眼，恶狠狠地说："你就是出卖了。"

素英还在说："没有。"

有人敲响了房门。一下，两下，三下，房门在这个节骨眼上敲响，绝不是什么好事。王家夫松开素英，侧耳静听，猜想是什么人出现了。屋子里安静下来，素英也没弄出一点动静。王家夫手脚冰凉，不太好使了，他强忍着可怕的寂静，拖着沉重的脚步移动到门前，驻足凝神，他还在猜想，是什么人敲响了房门？这敲门声肯定来自他最不想见到的人之手。出事了。接着，他的身子不由自主委顿下去，软塌塌顶靠在门板上，任凭那敲门的声波透过门板震动着他的耳鼓。他早就想过会有这一天，有这么一个时刻，灾难来临。身上那股难闻的气味在这一刻又出来了，像个幽灵，不断分解，一点点地散开，丝丝缕缕扩散到整个屋子里。他没有勇气也没有力气打开房门了，只能任凭这敲门声响下去、响下去，两只耳朵什么都听不见了，他深陷在自己的气味中，眼前一片漆黑。

十

房门很快打开，是用钥匙打开的，女儿海霞回来了。王家夫身子僵直着，他头皮发紧，脸皮发麻，舌头又麻又紧，他口斜眼歪盯着素英、盯着海霞，说不出话来。

素英说："你咋的了，你没看是谁回来了，还开什么玩笑？"

王家夫抬手让素英叫人，叫救护车，可手怎么也不听使唤，他呜呜叫喊，用尽全身力气叫喊。

海霞说:"你这是干什么,有话好好说,瞎呜呜什么?"

王家夫心说,你们哪来这么多废话,赶快叫救护车,听不懂我的话,还不明白我的意思?他再次拼尽全力发声,可说出来的话还是:"呜呜呜——"

素英慌了,海霞也慌了。素英蹲下身子问:"这是咋的了,你这是真的了,我以为你是装着玩呢!"说完,腾地站起身,在屋地转圈乱跑,跺着脚跑,忽然拨打了120。

王家夫看着眼前手足无措的海霞,愣怔地看着,眼前渐渐陷入一片模糊——他坠入无边的黑暗,一个无我无他万世皆空的世界。当年老伴儿去世时,也是这个样子,带着诸多如愿与不如愿,化作一缕尘烟,归于泥土,把一切悲伤和痛苦留给了他和女儿。在这无边的黑暗里,父亲出现了,父亲从云层里露出一张清晰的脸,脸上每条褶皱里都灌满了沙土,原来他在天上还干着力气活儿。那苦命的父亲慢慢走到他跟前,牵住他的手,他就跟父亲钻进一个带铁轨的车厢底下,父亲露出谦卑的表情说:"想不到你当了那么大的官,那究竟是多大的官?你现在平安着陆,爹的心放下了。你今天给爹带什么好吃的,不会像你娘只给我塞两个窝窝头一个咸菜疙瘩吧……"父亲手伸过来了,而他却两手空空。

医院病房里阳光的丝线从窗外倾泻而来,温暖地落在床前,王家夫全身沉甸甸,如置身于空寂的孤岛,四周水光潋滟,悠悠的清波晃得他脑子昏昏沉沉。他半睁开眼,看见自己手腕上那根系着死扣的绳子没有了,素英和海霞分别晃动在他的眼前。王家夫又特意看向素英的手腕,那上面也光光秃秃的,什么都没有。他精心系上的绳子不知跑哪儿去了。这时,他恍惚嗅到了素英的体香。有那么一段时间，他好像特别喜欢素英身上的味道，那气味是那么令他着迷。在混混沌沌之中，章影慧的影子出现在了，奇怪的是，他跟章影慧生活的那段时间，居然没注意到她是什么体味。这时，一股强烈的气体从自己身体里迸发出来，蒸腾、缭绕、缤纷，布满了他的周围，重重地把他从昏沉中拉回来，他愤懑地咳嗽一声，彻底清醒了。他就这么在自己奇异的体味中万般无助地躺着，一动不动。

不知过了多长时间，他的两个眼角渐渐渗出一滴苦涩的液体，他流泪了，是从来没有过的泪水。他以为自己从小泪腺枯萎，或者他根本没有泪腺。现在那滴泪珠伴随他内心的涌动，伴随衰老的无奈，顺着鬓角、耳朵、脖颈流向病榻，他转过头去，向着病房里的墙壁，再次默默闭上眼睛。

原载《长城》2021年第4期
《光明日报》2021年8月20日"期刊看台"介绍

图书在版编目（CIP）数据

雾岚的声音 / 夏鲁平著. -- 北京：作家出版社，2023.10
ISBN 978-7-5212-2408-5

Ⅰ. ①雾… Ⅱ. ①夏… Ⅲ. ①短篇小说 - 小说集 - 中国 - 当代 Ⅳ. ①I247.7

中国国家版本馆CIP数据核字（2023）第146750号

雾岚的声音

作　　者：	夏鲁平
责任编辑：	郑建华　竹　竹
装帧设计：	马海云
出版发行：	作家出版社有限公司
社　　址：	北京农展馆南里10号　　邮　　编：100125
电话传真：	86-10-65067186（发行中心及邮购部）
	86-10-65004079（总编室）
E-mail:	zuojia@zuojia.net.cn
http://www.zuojiachubanshe.com	
印　　刷：	唐山嘉德印刷有限公司
成品尺寸：	145×210
字　　数：	158千
印　　张：	7.25
版　　次：	2023年10月第1版
印　　次：	2023年10月第1次印刷
ISBN	978-7-5212-2408-5
定　　价：	28.00元

作家版图书，版权所有，侵权必究。
作家版图书，印装错误可随时退换。